# 合格班
# 日檢文法

## 逐步解說 & 攻略問題集

〔全真模擬試題〕中日雙語解題

吉松由美・田中陽子・西村惠子・
山田社日檢題庫小組 ◎ 合著

考試分數大躍進
累積實力
百萬考生見證
應考秘訣
根據日本國際交流基金考試相關概要

1

N1

1

◎MP3

山田社
*Shan Tian She*

# 前言

preface

百分百全面日檢學習對策，讓您震撼考場！
日檢合格班神救援，讓您輕鬆邁向日檢合格之路！

★ 文法闖關遊戲＋文法比較＋模擬試題與解題攻略，就是日檢合格的完美公式！
★ 小試身手！文法闖關大挑戰，學文法原來這麼好玩！
★ N1 文法比一比，理清思路，一看到題目就有答案！
★ 拆解句子結構，反覆訓練應考技巧，破解學習文法迷思！
★ 精選全真模擬試題，逐步解說，100% 命中考題！

文法辭典、文法整理、模擬試題…，為什麼買了一堆相關書籍，文法還是搞不清楚？
做了大量的模擬試題，對文法概念還是模稜兩可，總是選到錯的答案？
光做題目還不夠，做完題目你真的都懂了嗎？
別再花冤枉錢啦！重質不重量，好書一本就夠，一次滿足你所有需求！
學習文法不要再東一句西一句！有邏輯、有系統，再添加一點趣味性，才是讓你不想半路放棄，一秒搞懂文法的關鍵！
合格班提供 100%全面的文法學習對策，讓您輕鬆取證，震撼考場！

## ● 100%權威│突破以往，給你日檢合格的完美公式！

多位日檢專家齊聚，聯手策劃！從「文法闖關挑戰」、「文法比較」二大有趣、有效的基礎學習，到「實力測驗」、「全真模擬試題」、「精闢解題」，三階段隨考隨解的合格保證實戰檢測，加上突破以往的版面配置與內容編排方式，精心規劃出一套日檢合格的完美公式！

## ● 100%挑戰│啟動大腦的興趣開關，學習效果十倍速提升！

別以為「文法」一定枯燥無味！本書每一個章節，都讓你先小試身手，挑戰文法闖關遊戲！只要在一開始感到樂趣、提高文法理解度，就能啟動大腦的興趣開關，讓你更容易投入其中並牢牢記住！保證強化學習效果，縮短學習時間！讓你在準備考試之餘，還有時間聊天、睡飽、玩手遊！

● **100%充足** | 用「比」的學，解決考場窘境，日檢 N1 文法零弱點！

你是不是覺得每個文法都會了，卻頻頻在考場上演左右為難的戲碼？本書了解初學文法的痛點，貼心將易混淆的 N1 文法項目進行整理歸納，依照不同的使用時機分類章節，包括時間、目的理由、條件…等表現，分成 16 個章節。並將每個文法與意思相近、容易混淆的文法進行比較，讓你解題時不再有模糊地帶，不再誤用文法，一看到題目就有答案，一次的學習就有高達十倍的效果。

本書將每個文法都標出接續方式，讓你透視文法結構，鞏固文法概念。再搭配生活中、考題中的常用句，不只幫助您融會貫通，有效應用在日常生活上、考場上，更加深你的記憶，輕鬆掌握每個文法，提升日檢實力！

● **100%擬真** | 考題神準，臨場感最逼真！

最後在附上「題型五題型六」全真模擬試題，以完全符合新制日檢 N1 文法的考試方式，讓你彷彿親臨考場。接著由金牌日籍老師群帶你直擊考點，逐一解說各道題目，不僅有中日文對照解題，更適時加入補充文法，精準破解考題，並加強文法運用能力，帶你穩紮穩打練就基本功，輕輕鬆鬆征服日檢 N1 考試！

# 目錄　contents

# 新「日本語能力測驗」測驗成績

### 1　量尺得分

　　舊制測驗的得分，答對的題數以「原始得分」呈現；相對的，新制測驗的得分以「量尺得分」呈現。

　　「量尺得分」是經過「等化」轉換後所得的分數。以下，本手冊將新制測驗的「量尺得分」，簡稱為「得分」。

### 2　測驗成績的呈現

　　新制測驗的測驗成績，如表3的計分科目所示。N1、N2、N3的計分科目分為「語言知識（文字、語彙、文法）」、「讀解」、以及「聽解」3項；N4、N5的計分科目分為「語言知識（文字、語彙、文法）、讀解」以及「聽解」2項。

　　會將N4、N5的「語言知識（文字、語彙、文法）」和「讀解」合併成一項，是因為在學習日語的基礎階段，「語言知識」與「讀解」方面的重疊性高，所以將「語言知識」與「讀解」合併計分，比較符合學習者於該階段的日語能力特徵。

### ■　各級數的計分科目及得分範圍

| 級數 | 計分科目 | 得分範圍 |
|---|---|---|
| N1 | 語言知識（文字、語彙、文法） | 0～60 |
| | 讀解 | 0～60 |
| | 聽解 | 0～60 |
| | 總分 | 0～180 |
| N2 | 語言知識（文字、語彙、文法） | 0～60 |
| | 讀解 | 0～60 |
| | 聽解 | 0～60 |
| | 總分 | 0～180 |
| N3 | 語言知識（文字、語彙、文法） | 0～60 |
| | 讀解 | 0～60 |
| | 聽解 | 0～60 |
| | 總分 | 0～180 |
| N4 | 語言知識（文字、語彙、文法）、讀解 | 0～120 |
| | 聽解 | 0～60 |
| | 總分 | 0～180 |
| N5 | 語言知識（文字、語彙、文法）、讀解 | 0～120 |
| | 聽解 | 0～60 |
| | 總分 | 0～180 |

　　各級數的得分範圍，如表3所示。N1、N2、N3的「語言知識（文字、語彙、文法）」、「讀解」、「聽解」的得分範圍各為0～60分，三項合計的總分範圍是0～180分。「語言知識（文字、語彙、文法）」、「讀解」、「聽解」各占總分的比例是1：1：1。

N4、N5的「語言知識（文字、語彙、文法）、讀解」的得分範圍為0～120分，「聽解」的得分範圍為0～60分，二項合計的總分範圍是0～180分。「語言知識（文字、語彙、文法）、讀解」與「聽解」各占總分的比例是2：1。還有，「語言知識（文字、語彙、文法）、讀解」的得分，不能拆解成「語言知識（文字、語彙、文法）」與「讀解」二項。

除此之外，在所有的級數中，「聽解」均占總分的三分之一，較舊制測驗的四分之一為高。

## 3　合格基準

舊制測驗是以總分作為合格基準；相對的，新制測驗是以總分與分項成績的門檻二者作為合格基準。所謂的門檻，是指各分項成績至少必須高於該分數。假如有一科分項成績未達門檻，無論總分有多高，都不合格。

新制測驗設定各分項成績門檻的目的，在於綜合評定學習者的日語能力，須符合以下二項條件才能判定為合格：①總分達合格分數（＝通過標準）以上；②各分項成績達各分項合格分數（＝通過門檻）以上。如有一科分項成績未達門檻，無論總分多高，也會判定為不合格。

N1～N3及N4、N5之分項成績有所不同，各級總分通過標準及各分項成績通過門檻如下所示：

| 級數 | 總分 | | 分項成績 | | | | | |
|---|---|---|---|---|---|---|---|---|
| | | | 言語知識<br>（文字・語彙・文法） | | 讀解 | | 聽解 | |
| | 得分範圍 | 通過標準 | 得分範圍 | 通過門檻 | 得分範圍 | 通過門檻 | 得分範圍 | 通過門檻 |
| N1 | 0～180分 | 100分 | 0～60分 | 19分 | 0～60分 | 19分 | 0～60分 | 19分 |
| N2 | 0～180分 | 90分 | 0～60分 | 19分 | 0～60分 | 19分 | 0～60分 | 19分 |
| N3 | 0～180分 | 95分 | 0～60分 | 19分 | 0～60分 | 19分 | 0～60分 | 19分 |

| 級數 | 總分 | | 分項成績 | | | |
|---|---|---|---|---|---|---|
| | | | 言語知識<br>（文字・語彙・文法）・讀解 | | 聽解 | |
| | 得分範圍 | 通過標準 | 得分範圍 | 通過門檻 | 得分範圍 | 通過門檻 |
| N4 | 0～180分 | 90分 | 0～120分 | 38分 | 0～60分 | 19分 |
| N5 | 0～180分 | 80分 | 0～120分 | 38分 | 0～60分 | 19分 |

※上列通過標準自2010年第1回(7月)【N4、N5為2010年第2回(12月)】起適用。

缺考其中任一測驗科目者，即判定為不合格。寄發「合否結果通知書」時，含已應考之測驗科目在內，成績均不計分亦不告知。

## 4　測驗結果通知

依級數判定是否合格後，寄發「合否結果通知書」予應試者；合格者同時寄發「日本語能力認定書」。

■ N1, N2, N3

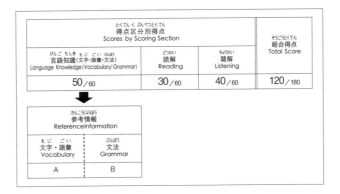

■ N4, N5

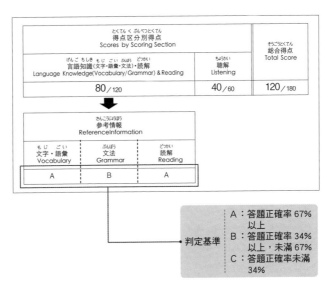

※ 各節測驗如有一節缺考就不予計分，即判定為不合格。雖會寄發「合否結果通知書」但所有分項成績，含已出席科目在內，均不予計分。各欄成績以「＊」表示，如「＊＊／60」。

※ 所有科目皆缺席者，不寄發「合否結果通知書」。

# N1 題型分析

| 測驗科目<br>(測驗時間) | | | 試題內容 | | |
|---|---|---|---|---|---|
| | | | 題型 | 小題<br>題數<br>* | 分析 |
| 語言知識、讀解 | 文字、語彙 | 1 | 漢字讀音　◇ | 6 | 測驗漢字語彙的讀音。 |
| | | 2 | 選擇文脈語彙　○ | 7 | 測驗根據文脈選擇適切語彙。 |
| | | 3 | 同義詞替換　○ | 6 | 測驗根據試題的語彙或說法，選擇同義詞或同義說法。 |
| | | 4 | 用法語彙　○ | 6 | 測驗試題的語彙在文句裡的用法。 |
| | 文法 | 5 | 文句的文法1<br>（文法形式判斷）　○ | 10 | 測驗辨別哪種文法形式符合文句內容。 |
| | | 6 | 文句的文法2<br>（文句組構）　◆ | 5 | 測驗是否能夠組織文法正確且文義通順的句子。 |
| | | 7 | 文章段落的文法　◆ | 5 | 測驗辨別該文句有無符合文脈。 |
| | 讀解<br>* | 8 | 理解內容<br>（短文）　○ | 4 | 於讀完包含生活與工作之各種題材的說明文或指示文等，約200字左右的文章段落之後，測驗是否能夠理解其內容。 |
| | | 9 | 理解內容<br>（中文）　○ | 9 | 於讀完包含評論、解說、散文等，約500字左右的文章段落之後，測驗是否能夠理解其因果關係或理由。 |
| | | 10 | 理解內容<br>（長文）　○ | 4 | 於讀完包含解說、散文、小說等，約1000字左右的文章段落之後，測驗是否能夠理解其概要或作者的想法。 |
| | | 11 | 綜合理解　◆ | 3 | 於讀完幾段文章（合計600字左右）之後，測驗是否能夠將之綜合比較並且理解其內容。 |
| | | 12 | 理解想法<br>（長文）　◇ | 4 | 於讀完包含抽象性與論理性的社論或評論等，約1000字左右的文章之後，測驗是否能夠掌握全文想表達的想法或意見。 |
| | | 13 | 彙整資訊　◆ | 2 | 測驗是否能夠從廣告、傳單、提供各類訊息的雜誌、商業文書等資訊題材（700字左右）中，找出所需的訊息。 |

| | | | | | |
|---|---|---|---|---|---|
| 聽解 | 1 | 理解問題 | ◇ | 6 | 於聽取完整的會話段落之後，測驗是否能夠理解其內容（於聽完解決問題所需的具體訊息之後，測驗是否能夠理解應當採取的下一個適切步驟）。 |
| | 2 | 理解重點 | ◇ | 7 | 於聽取完整的會話段落之後，測驗是否能夠理解其內容（依據剛才已聽過的提示，測驗是否能夠抓住應當聽取的重點）。 |
| | 3 | 理解概要 | ◇ | 6 | 於聽取完整的會話段落之後，測驗是否能夠理解其內容（測驗是否能夠從整段會話中理解說話者的用意與想法）。 |
| | 4 | 即時應答 | ◆ | 14 | 於聽完簡短的詢問之後，測驗是否能夠選擇適切的應答。 |
| | 5 | 綜合理解 | ◇ | 4 | 於聽完較長的會話段落之後，測驗是否能夠將之綜合比較並且理解其內容。 |

＊「小題題數」為每次測驗的約略題數，與實際測驗時的題數可能未盡相同。此外，亦有可能會變更小題題數。

＊有時在「讀解」科目中，同一段文章可能會有數道小題。

＊符號標示：「◆」舊制測驗沒有出現過的嶄新題型；「◇」沿襲舊制測驗的題型，但是更動部分形式；「○」與舊制測驗一樣的題型。

資料來源：《日本語能力試驗JLPT官方網站：分項成績‧合格判定‧合否結果通知》。2016年1月11日，取自：http://www.jlpt.jp/tw/guideline/results.html

# 本書使用說明

## Point 1 文法闖關大挑戰

小試身手，挑戰文法闖關遊戲！每關題目都是本回的文法重點！

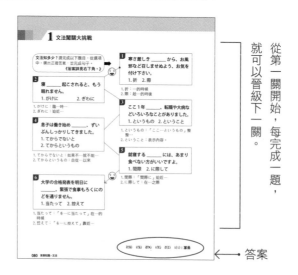

從第一關開始，每完成一題，就可以晉級下一關。

← 答案

## Point 2 文法總整理

通過實力測驗後，將本章文法作一次總整理，以圖像化方式，將相關文法整理起來，用區塊分類，用顏色加強力度。保證強化學習效果，縮短學習時間！

文法總整理

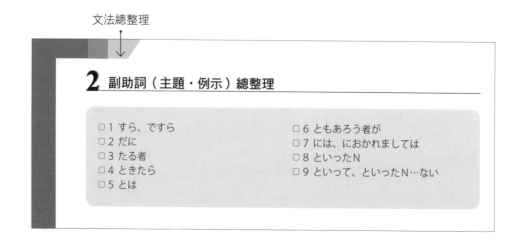

**2 副助詞（主題・例示）總整理**

- □ 1 すら、ですら
- □ 2 だに
- □ 3 たる者
- □ 4 ときたら
- □ 5 とは
- □ 6 ともあろう者が
- □ 7 には、におかれましては
- □ 8 といったN
- □ 9 といって、といったN…ない

## Point 3 文法比較

本書將每個意思相近、容易混淆的文法進行比較，並標出接續方式，讓你透視文法結構，鞏固文法概念，解題時不再有模糊地帶，不再誤用文法，一次的學習就有兩倍的效果。

**3 文法比較 --- 副助詞（主題・例示）** T-02

**1**

| **すら、ですら**「就連…都」、「甚至連…都」 | 比較 | **さえ**「連…」、「甚至」 |

【名詞（＋助詞）；動詞て形】＋すら、ですら。舉出極端的例子，表示連所舉的例子都這樣了，其他的就更不用提了。有導致消極結果的傾向。

例 **貧しすぎて、学費すら支払えない。**
貧窮得連學費都無法繳納。

【名詞＋（助詞）】＋さえ。表示舉出的例子都不能了，其他更不必提。

例 **私でさえ、あの人の言葉にはだまされました。**
就連我也被他的話給騙了。

兩兩相比學文法，看用法有什麼不同！

## Point 4 新日檢實力測驗＋翻譯解題

每章節最後附上符合新日檢考試題型的實力測驗，並配合翻譯與解題，讓你透過一章節一測驗的方式加強記憶，熟悉考試題型，重新檢視是否還有學習不完全的地方，不遺漏任何一個小細節。

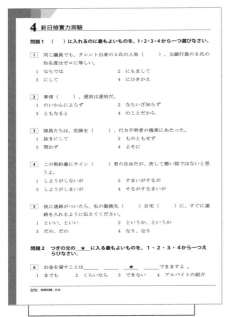

題目

翻譯與解題

# Point 5 二回新日檢模擬考題＋解題攻略

本書兩回模擬考題完全符合新日檢文法的出題方式，從題型、場景設計到出題範圍，讓你一秒抓住考試重點。配合精闢的解題攻略，整理出日檢 N1 文法考試的核心問題，引領你一步一步破解題目。

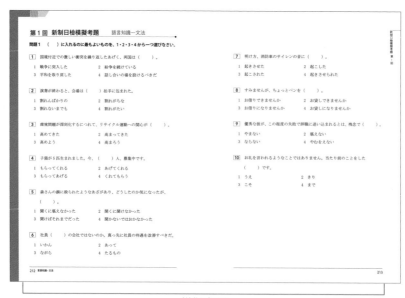

模擬考題

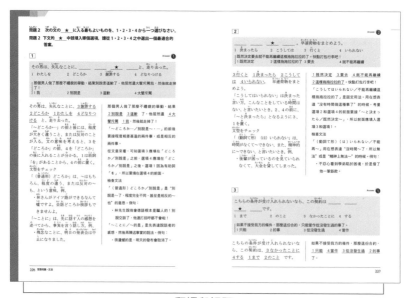

翻譯與解題

# 第一部
## 助詞文型（一）

# 01 格助詞（手段・基準・限定）

## **1** 文法闖關大挑戰

文法知多少？請完成以下題目，從選項中，選出正確答案，並完成句子。
《答案詳見右下角。》

**1**
書面 ＿＿＿＿＿ ご対応させていただく場合の手続きは、次の通りです。
1. にあって　2. にて

1. にあって：…處於…狀況之下
2. にて：以…

**2**
略儀ながら書中 ＿＿＿＿＿ ごあいさつ申し上げます。
1. にあって　2. をもって

1. にあって：處於…狀況之下
2. をもって：以此…

**3**
睡眠の ＿＿＿＿＿ によって、体調の善し悪しも違います。
1. しだい　2. いかん

1. しだい：要看…如何
2. いかん：「いかんによって」根據…

**4**
子供のレベルに ＿＿＿＿＿ 授業をしなければ、意味がありません。
1. 即した　2. 踏まえた

1. 即した：「に即した」根據…（的）
2. 踏まえた：「を踏まえて」在…基礎上

**5**
彼はテレビからパソコンに ＿＿＿＿＿、すべて最新のものをそろえている。
1. かけて　2. いたるまで

1. かけて：「～から～にかけて」從…到…
2. いたるまで：「に至るまで」…至…

**6** 今年 12 月を _____ 、退職する
ことにしました。
1. 限りに　2. 皮切りに

1. 限りに：「を限りに」從…之後就不
（沒）…
2. 皮切りに：「を皮切りに」從…開始

**7** 彼女は 1 年間休養していた
が、3 月に行うコンサートを
_____ 芸能界に復帰します。
1. あっての　2. 皮切りに

1. あっての：「（が）あっての」有了…
之後…才能…
2. 皮切りに：「を皮切りに」從…開始

**8** いかなる厳しい状況 _____ 、
冷静さを失ってはならない。
1. にあっても　2. にして

1. にあっても：即使處於…情況下
2. にして：直到…才…

**9** アメリカは 44 代目に _____ は
じめて黒人大統領が誕生した。
1. して　2. おうじて

1. して：「にして」直到…才…
2. おうじて：「におうじて」根據…

**10** 現代の科学をもって _____ 、
証明できないとも限らない。
1. しても　2. すれば

1. しても：「をもってしても」即使是（有
／用）…但也…
2. すれば：「をもってすれば」只要是（有
／用）…的話就…

（6）1 （7）2 （8）1 （9）1 （10）2
答案：（1）2 （2）2 （3）2 （4）1 （5）2

## 2 格助詞（手段・基準・限定）總整理

□ 1 にて、でもって
□ 2 をもって
□ 3 （の）如何で、（の）如何によって
□ 4 に即して、に即したN
□ 5 に至るまで

□ 6 を限りに、限りで
□ 7 を皮切りに（して）、を皮切りとして
□ 8 にあって（は／も）
□ 9 にして
□10 をもってすれば

## 3 文法比較 --- 格助詞（手段・基準・限定）　T-01

### 1

**にて、でもって**
「以…」、「因…」、「…為止」

比較

**にあって（は／も）**
「處於…狀況之下」、「在…之中」

【名詞】＋にて、でもって。表示時間、年齡跟地點，也可接手段、方法、原因、限度、資格或指示詞，宣佈、告知的語氣強。

例 もう時間なので、本日はこれにて失礼致します。

時間已經很晚了，所以我就此告辭了。

【名詞】＋にあって（は／も）表示因為處於前面這一特別的事態、狀況之中，所以有後面的事情。

例 この上ない緊張状態にあって、手足が小刻みに震えている。

在這前所未有的緊張感之下，手腳不停地顫抖。

### 2

**をもって**
「用以…」、「至…為止」

比較

**にあって（は／も）**
「處於…狀況之下」、「在…之中」

【名詞】＋をもって。表示行為的手段、方法、根據、原因、進行時間等。

例 雪国の厳しさを身をもって体験した。

親身體驗了雪國生活的嚴峻。

【名詞】＋にあって（は／も）表示因為處於前面這一特別的事態、狀況之中，所以有後面的事情。

例 この非常時にあって、彼はなお非現実的な理想論を述べている。

都到了非常時期，他還在高談闊論那種不切實際的理想。

## 3

### （の）如何で、（の）如何によって
「根據…」、「要看…如何」、「取決於…」

比較

### 次第
「要看…如何」

【名詞（の）】＋如何で、如何によって（は）。表示依據。根據前面的狀況，來判斷後面的可能性。

例 成績の如何によって、今後の進路が決まる。

依照成績優劣決定往後的人生前程。

【名詞】＋次第。表示行為動作要實現，全憑前面的名詞的情況而定。

例 一流の音楽家になれるかどうかは、才能次第だ。

能否成為頂尖的音樂家，端看才華如何。

## 4

### に即して、に即したN
「依…」、「根據…」、「依照…」、「基於…」

比較

### を踏まえて
「根據」、「在…基礎上」

【名詞】＋に即して、に即した。以某項規定、規則來處理，以其為基準，來進行後項。

例 現状に即して、計画を立ててください。

請提出符合現狀的計畫。

【名詞】＋を踏まえて。表示以前項為依據，進行後面的動作。後接動作通常與表達有關。

例 自分の経験を踏まえて話したいと思います。

我想根據自己的經驗來談談。

## 5

### に至るまで
「…至…」、「直到…」

比較

### …から…にかけて
「從…到…」、「自…至…」

【名詞】＋に至るまで。表示事物的範圍已經達到了極端程度。

例 あの店は、自慢のソースはもちろん、パイ生地やドレッシングに至るまで、すべて手作りしています。

那家店不只是值得自豪的醬汁，甚至連派的麵糰與調味料，全部都由廚師親手製作的。

【名詞】＋から＋【名詞】＋にかけて。表示跨越兩個領域的時間或空間。

例 この辺りからあの辺りにかけて、畑が多いです。

這頭到那頭，有很多田地。

# 6

## を限りに、限りで
「從…之後就不…」、「以…為分界」

【名詞】＋を限りに、限りで。表示在此之前一直持續的事，從此以後不再繼續下去。

例 私は今日を限りに、タバコをやめる決意をした。

我決定了從今天開始戒菸。

比較

## を皮切りに
「從…開始」「以…為開端」

【名詞】＋を皮切りに。表示以這為起點，開始了一連串同類型的動作。

例 沖縄を皮切りに、各地が梅雨入りしている。

從沖繩開始，各地陸續進入梅雨季。

---

# 7

## を皮切りに（して）、を皮切りとして
「以…為開端…」、「從…開始」

【名詞】＋を皮切りに（して）、を皮切りとして。表示以這為起點，開始了一連串同類型的動作。

例 当劇団は評判がよく、明日の公演を皮切りに、今年は 10 都市をまわる予定である。

該劇團廣受好評，並以明日的公演揭開序幕，今年預定至十個城市巡迴表演。

比較

## （が）あっての
「表示「有了…之後…才能…」

【名詞】＋（が）あっての＋【名詞】。表示因為有前面的事情，後面才能夠存在。若無前面條件，就無後面結果。

例 読者あっての作家だから、いつも読者の興味に注意を払っている。

有了讀者的支持才能成為作家，所以他總是非常留意讀者的喜好。

---

# 8

## にあって（は／も）
「在…之下」、「處於…情況下」、「即使身處…的情況下」

【名詞】＋にあって（は／も）。表示因為處於前面這一特別的事態、狀況之中，所以有後面的事情。

例 どんな困難な状況にあっても、必ず解決策はある。

無論遇到多麼困難的狀況，都必定會有解決之策。

比較

## にして
「直到…才…」

【名詞】＋にして。表示到了某階段才初次發生某事。

例 結婚 5 年目にしてようやく子どもを授かった。

結婚五週年，終於有了小孩。

---

# 9

## にして
「在…時才（階段）」、「雖然…但是…」

比較

## に応じて
「根據…」

【名詞】＋にして。表示到了某階段才初次發生某事。

例 結婚7年目にして、ようやく子供ができた。

結婚第七年，終於有了孩子了。

【名詞】＋に応じて。表示按照、根據。前項作為依據，後項根據前項的情況而發生變化。

例 働きに応じて、報酬をプラスしてあげよう。

依工作的情況來加薪！

# 10

## をもってすれば
「只要用…」

比較

## をもってしても
「即使是（有／用）…但也…」

【名詞】＋をもってすれば。表示行為的手段、工具或方法、原因和理由。屬於順接，所以後面常接正面積極的句子。

例 あの子の実力をもってすれば、全国制覇は間違いない。

他只要充分展現實力，必定能稱霸全國。

【名詞】＋をもってしても。表示行為的手段、工具或方法、原因和理由。屬於逆接，所以後面常接事情卻不如意的句子。

例 徹底的なコスト削減をもってしても、会社を立て直すことはできなかった。

就算徹底執行刪減成本，也沒有辦法讓公司重新站起來。

**問題1 （ ）に入るのに最もよいものを、1・2・3・4から一つ選びなさい。**

☐1 （ ）を限りに、A社との提携を打ち切ることとします。

1 最近　　　　　　　　　　　2 以降

3 期限　　　　　　　　　　　4 本日


☐2 A議員の発言を（ ）、若手の議員から法案に対する反対意見が次々
と出された。

1 皮切りに　　　　　　　　　2 限りに

3 おいて　　　　　　　　　　4 もって


☐3 この天才少女は、わずか16歳（ ）、世界の頂点に立ったのだ。

1 ときたら　　　　　　　　　2 にあって

3 とばかり　　　　　　　　　4 にして


**問題2 つぎの文の ★ に入る最もよいものを、1・2・3・4から一つ選
びなさい。**

☐4 採用面接では、志望動機 ＿＿＿ ＿＿＿ ★ ＿＿＿ 、細かく質
問された 。

1 家族構成　　　　　　　　　2 から

3 至るまで　　　　　　　　　4 に


☐5 初めてアルバイトをしてみて、世間の ＿＿＿ ＿＿＿ ★ ＿＿＿ 。

1 もって　　　　　　　　　　2 知った

3 厳しさを　　　　　　　　　4 身を

# 5 翻譯與解題

**問題 1** （　　）に入るのに最もよいものを、1・2・3・4から一つ選びなさい。

**問題 1** 請從 1・2・3・4 之中選出一個最適合填入（　　）的答案。

---

### 1
Answer **4**

（　　）を限りに、Ａ社との提携を打ち切ることとします。
1 最近　　　　2 以降　　　　3 期限　　　　4 本日

本公司與 A 公司的合作只到（今天）就結束了。
1 最近　　　2 之後　　　3 期限　　　4 今天

今日で終わり、という意味。「（名詞）を限りに」は、これまで続いてきたことが〜で終わる、と言いたいとき。例、
・当店は今月を限りに閉店致します。
他の選択肢の文型もチェック：
1は、ある期日を表す言葉ではないので間違い。

是"在今天之內結束"的意思。「（名詞）を限りに／以〜為限」用在想表達"持續到現在的事情將在〜結束"時。例句：
・本店將於本月底結束營業。
檢查其他選項的文法：
選項 1 並非表示某個特定時日的詞語，所以錯誤。

---

### 2
Answer **1**

Ａ議員の発言を（　　　　）、若手の議員から法案に対する反対意見が次々と出された。
1 皮切りに　　2 限りに　　3 おいて　　4 もって

以 A 議員的發言（為開端），年輕議員們紛紛提出了對法案的反對意見。
1 為開端　　2 僅限於　　3 關於　　4 依據

「Ａ議員の発言」のあと、「若手の議員の…意見が次々と」とある。「（名詞）を皮切りに」は、〜から始まって次々にあることが起こる、と言いたいとき。例、
・コンサートは、来月の東京ドーム

「Ａ議員の発言／A議員的發言」後又提到「若手の議員の…意見が次々と／年輕議員們紛紛…意見」。「（名詞）を皮切りに／以〜為開端」用在想表達"以〜為開端，事情一件接一件的發生"時。例句：
・演唱會將在下個月於東京巨蛋舉辦首

を皮切りに、全国 8 都市で開催される。

他の選択肢の文型もチェック：

2 「（名詞）を限りに」は、〜で終わり、と言いたいとき。例、

・本日を限りに閉店致します。

3 「（名詞）をおいて」は、〜以外にない、と言いたいとき。〜を高く評価している時の言い方。例、

・このチームをまとめられるのは君をおいて他にいないよ。

---

場，接下來將到全國八個城市展開巡迴演唱。

檢查其他選項的文法：

選項 2「（名詞）を限りに／僅限於」用在想表達 "在〜結束" 時。例句：

・本店將於今天結束營業。

選項 3「（名詞）をおいて／除了」用在想表達 "除〜之外就沒有了" 時。是對〜高度評價時的說法。例句：

・能夠帶領這支隊伍的，除了你再也沒有別人了！

---

Answer **4**

| この天才少女は、わずか 16 歳（　　　　）、世界の頂点に立ったのだ。 |
| 1　ときたら　　　　　2　にあって　　　　3　とばかり　　　　4　にして |

| 這位天才少女（雖然）僅僅只有 16 歲，（但是）已經達到了世界的顛峰。 |
| 1提到〜的話　　　2在〜的情況下　　　3暫時　　　　　　4雖然〜但是〜 |

「（名詞）にして」は、〜ほどの程度だから、また、〜ほどの程度なのに、と言いたいとき。問題文は後の方の使い方。例、

・この問題は彼のような天才にして初めて解けるものだ。

他の選択肢の文型もチェック：

「（名詞）ときたら」は、〜はよくないと不満を言うとき。例、

・健二君は優秀ですね。うちの息子ときたら、ゲームばかりで全く勉強しないんですよ。

---

「（名詞）にして／因為〜,才〜；雖然〜,卻〜」用於想表達 "因為是〜的程度,才〜"，或是 "雖然是〜的程度,卻〜" 時。本題用的是後者的意思。例句：

・這個問題唯有像他那樣的天才,才有辦法解得出來！

檢查其他選項的文法：

「（名詞）ときたら／提到〜的話」用在表達〜是不好的,表示不滿的時候。例句：

・令公子健二真優秀呀！說起我家那個兒子呀,一天到晚打電玩,根本不用功！

2 「（名詞）にあって」は、〜のよう
な特別な状況で、と言いたいとき。
例、
・この非常時にあっても、会社は社
　員の雇用を守り続けた。
3 「（発話文）とばかり（に）」は、
まるで〜と言うような態度で、という
意味。例、
・彼は、もう帰れとばかりに、大き
　な音を立ててドアを閉めた。

選項2「（名詞）にあって／在〜的情況
下」用在想表達“在〜這樣特殊的狀況下”
時。例句：
・即便面臨這個嚴峻的時刻，公司仍然
　堅持絕不裁員。
選項3「（発話文）とばかり（に）／像〜
的樣子」是“簡直就像是在說〜的態度”
的意思。例句：
・他簡直故意讓大家知道他要回去似的，
　用力碰的一聲甩上了門。

**問題2** つぎの文の___★___に入る最もよいものを、１・２・３・４から一つ選びなさい。

**問題2** 下文的___★___中該填入哪個選項，請從１・２・３・４之中選出一個最適合的答案。

---

**4**

Answer **4**

採用面接では、志望動機 _____ _____ ___★___ _____ 、細かく質問された 。

1 家族構成　　　2 から　　　3 至るまで　　　4 に

在錄用面試時，從報考動機乃至於家庭成員都仔仔細細問了我。

1 家庭成員　　　2 從　　　3 乃至於　　　4 X

採用面接では、志望動機 <u>2から</u>　<u>1家族構成</u>　<u>4に</u>　<u>3至るまで</u>、細かく質問された。

「～から～まで」という文を考える。
「～に至るまで」は、範囲の「～まで」を強調する言い方。
文型をチェック:
「（名詞）に至るまで」は、～という意外な範囲まで、という意味。例、
・この保育園は、毎日の給食から、おやつのお菓子に至るまで、全て手作りです。

在錄用面試時，<u>2從</u> 報考動機 <u>3乃至於</u> <u>1家庭成員</u> <u>4 X</u> 都仔仔細細問了我。

看到題目後想到「～から～まで／從～乃至於～」這個文法。「～に至るまで／甚至到～」是表達範圍的「～まで／～到」的強調說法。

檢查文法:
「（名詞）に至るまで／甚至到～」是"甚至是到～這個驚人的範圍"的意思。例句:
・這家托兒所每天供應的餐食，從營養午餐到零食點心，全部都是親手烹飪的。

---

**5**

Answer **1**

初めてアルバイトをしてみて、世間の _____ _____ ___★___ _____ 。

1 もって　　　2 知った　　　3 厳しさを　　　4 身を

第一次嘗試打工，這才親身體驗到了這個社會的嚴苛。

1 親　　　2 體驗到了　　　3 的嚴苛　　　4 身

初めてアルバイトをしてみて、世間の <u>3厳しさを</u> <u>4身を</u> <u>1もって</u> <u>2知っ</u><u>た</u> 。

第一次嘗試打工，這才 <u>1親</u> <u>4身</u> <u>2體驗到了</u> 這個社會 <u>3的嚴苛</u>。

「世間の」の後に3、文末に2を入れることができる。「～をもって」は、手段を表す。3と2の間に、4、1を入れる。

他の選択肢の文法もチェック：

「（名詞）をもって」は、手段を表す。「～で」と同じ意味だが、硬い言い方なので、日常的なことには使わない。

例、

・彼の専門知識をもってすれば、この文書の解読も可能だろう。

→×知らないことばを辞書をもって調べる。

→○辞書で調べる。

「身をもって」は決まった言い方で、自分のからだで、自分自身で、という意味。

「世間の／社會的」的後面應接選項3，句子最後應填入選項2。「～をもって／以～」用於表示手段。選項3和選項2之間應填入選項4和選項1。

檢查其他選項的文法：

「（名詞）をもって／以～」用於表達手段。和「～で／用～」意思相同，但因為是較生硬的說法，不太會在日常生活中使用。例句：

・只要借重他的專業知識，應該就能解讀這份文件了吧。

→×憑藉字典查詢不懂的詞語。

→○用字典查詢。

「身をもって／親身體驗」是固定說法，是"用自己的身體、親身去經歷"的意思。

# 02　副助詞（主題・例示）

## **1** 文法闖關大挑戦

文法知多少？請完成以下題目，從選項
中，選出正確答案，並完成句子。
《答案詳見右下角。》

**1** 自分で歩くこと ＿＿＿＿＿ できな
いのに、マラソンなんてとんで
もない。
1. さえ　2. すら

1. さえ：只要（就）…
2. すら：就連…都…

**2** 彼の名前を耳にする ＿＿＿＿＿、
身震いがする。
1. だに　2. すら

1. だに：一…就…
2. すら：就連…都…

**3** 彼はリーダー ＿＿＿＿＿ 者に求め
られる素質を具えている。
1. なる　2. たる

1. なる：成為
2. たる：「たる者」作為…的…

**4** 近頃の若者 ＿＿＿＿＿、わがままと
いったらない。
1. といえば　2. ときたら

1. といえば：説到…
2. ときたら：提起…來

**5** 彼女がこんなに綺麗になる
＿＿＿＿＿、想像もしなかった。
1. とは　2. ときたら

1. とは：沒想到…
2. ときたら：提起…來

**6** 首相 _____ 者が、あんな暴言を吐くなんて。

1. たる　2. ともあろう

1. たる：「たる者」作為…的…
2. ともあろう：「ともあろう者が」堂堂…竟然…

**7** 貴社 _____、所要の対応を行うようお願い申し上げます。

1. におかれましては
2. にて

1. におかれましては：在…來説
2. にて：以…

**8** 上野動物園ではパンダやラマと _____ 珍しい動物も見られますよ。

1. いって　2. いった

1. いって：「といって」没有特別的…
2. いった：「といった」…等的…

**9** 特にこれ _____ 好きなお酒もありません。

1. といって　2. といえば

1. といって：没有特別的…
2. といえば：説到…

□ 1 すら、ですら
□ 2 だに
□ 3 たる者
□ 4 ときたら
□ 5 とは
□ 6 ともあろう者が
□ 7 には、におかれましては
□ 8 といったN
□ 9 といって、といったN…ない

**3** 文法比較 --- 副助詞（主題・例示）　(T-02)

**1**

| すら、ですら<br>「就連…都」、「甚至連…都」 | 比較 | さえ<br>「連…」、「甚至」 |

【名詞（＋助詞）；動詞て形】＋すら、ですら。舉出極端的例子，表示連所舉的例子都這樣了，其他的就更不用提了。有導致消極結果的傾向。

例 貧しすぎて、学費すら支払えない。

貧窮得連學費都無法繳納。

【名詞＋（助詞）】＋さえ。表示舉出的例子都不能了，其他更不必提。

例 私でさえ、あの人の言葉にはだまされました。

就連我也被他的話給騙了。

**2**

| だに<br>「一…就…」、「連…也（不）…」 | 比較 | すら<br>「就連…都」 |

【名詞；動詞辭書形】＋だに。舉一個極端的例子，表示「就連…也（不）…」的意思。

例 地震のことなど想像するだに恐ろしい。

只要一想像發生地震的慘狀就令人不寒而慄。

【名詞（＋助詞）；動詞て形】＋すら。舉出極端的例子，表示連所舉的例子都這樣了，其他的就更不用提了。有導致消極結果的傾向。

例 まだ高校生だが、彼の投球はプロの選手ですらなかなか打てない。

雖然還只是高中生，但是他投出的球連職業選手都很難打中。

## 3

| たる者 「作為…的…」 | 比較 | なる 「變成」 |

**たる者**

【名詞】＋たる者。前接高評價事物人等，表示照社會上的常識來看，應該有合乎這種身分的影響或做法。

例 親たる者、夢を追う我が子の背中を黙って見守るべきである。

身為父母者，應該默默地守護著追逐夢想的兒女背影。

**なる**

【形容動詞詞幹；名詞】＋になる。表示事物的變化。是一種無意圖，物體本身的自然變化。

例 彼女は最近きれいになりました。

她最近變漂亮了。

## 4

| ときたら 「說到…來」、「提起…來」 | 比較 | といえば 「說到…」 |

**ときたら**

【名詞】＋ときたら。表示提起話題，說話者帶譴責和不滿的情緒，對話題中的人或事進行批評。

例 あの連中ときたら、いつも騒いでばかりいる。

說起那群傢伙呀，總是吵鬧不休。

**といえば**

【名詞】＋といえば。用在承接某個話題，從這個話題引起自己的聯想，或對這個話題進行説明。

例 京都の名所といえば、金閣寺と銀閣寺でしょう。

提到京都名勝，那就非金閣寺跟銀閣寺莫屬了！

## 5

| とは 「連…也」、「沒想到…」、「…這…」、「竟然會…」 | 比較 | ときたら 「提起…來」 |

**とは**

【名詞；[形容詞・形容動詞・動詞]普通形；引用句子】＋とは。表示對看到或聽到的事實（意料之外的），感到吃驚或感慨的心情。

例 こんなところで会うとは思わなかったね。

沒想到我們竟會在這裡相遇哪！

**ときたら**

【名詞】＋ときたら。表示提起話題，說話者帶譴責和不滿的情緒，對話題中的人或事進行批評。

例 部長ときたら朝から晩までタバコを吸っている。

說到我們部長，一天到晚都在抽煙。

**6**

| ともあろう者が | 比較 | たる者 |
|---|---|---|
| 「身為…卻…」、「堂堂…竟然…」 | | 「作為…的人…」 |

【名詞】＋ともあろう者が。表示具聲望、能力等的人或機構，其所作所為，就常識而言是與身份不符的。

例 日本のトップともあろう者がどうしていいのか分からないなんて、情けないものだ。

連日本的領導人竟然都會茫然不知所措，實在太窩囊了。

【名詞】＋たる者。前接高評價事物人等，表示照社會上的常識來看，應該有合乎這種身分的影響或做法。

例 彼はリーダーたる者に求められる素質を備えている。

他擁有身為領導者應當具備的特質。

---

**7**

| には、におかれましては | 比較 | にて |
|---|---|---|
| 「在…來說」 | | 「以…」、「用…」、「…為止」 |

【名詞】＋には、におかれましては。前接地位、身份比自己高的人，表示對該人的尊敬。語含最高的敬意。

例 あじさいの花が美しい季節となりましたが、皆様方におかれましてはいかがお過ごしでしょうか。

時值繡球花開始展露嬌姿之季節，敬祝各位平安祥樂。

【名詞】＋にて。表示時間、年齡跟地點，也表示手段、方法、原因或限度，後接所要做的事情或是突發事件。

例 もう時間なので本日はこれにて失礼いたします。

時間已經很晚了，所以我就此告辭了。

## 8

| といったN<br>「…等的…」、「…這樣的…」 | 比較 | といって<br>「沒有特別的…」 |

【名詞】＋といった＋【名詞】。表示列舉。一般舉出兩項以上相似的事物，表示所列舉的這些不是全部，還有其他。

例  私は寿司、カツ丼といった和食が好きだ。

我很喜歡吃壽司與豬排飯這類的日式食物。

【これ；疑問詞】＋といって。表示沒有特別值得一提的東西之意。

例 僕は、これといって、楽しみはない。

我沒有什麼特別的興趣。

## 9

| といって、といったN…ない<br>「沒有特別的…」、「沒有值得一<br>提的…」 | 比較 | といえば<br>「說到…」 |

【これ；疑問詞】＋といって、といったN…ない。表示沒有特別值得一提的東西之意。

例 私はこれといった趣味もありません。

我沒有任何嗜好。

【名詞】＋といえば。用在承接某個話題，從這個話題引起自己的聯想，或對這個話題進行說明。

例 台湾の観光スポットといえば、故宮と台北101でしょう。

提到台灣的觀光景點，就會想到故宮和台北101吧。

**問題1　次の文章を読んで、文章全体の内容を考えて、　1　から　5　の中に入る最もよいものを、1・2・3・4の中から一つ選びなさい。**

若者言葉

　いつの時代も、若者特有の若者言葉というものがあるようである。電車の中などで、中・高生グループの会話を聞いていると、大人にはわからない言葉がポンポン出てくる。　1　通じない言葉を使うことによって、彼らは仲間意識を感じているのかもしれない。

　携帯電話やスマートフォンでのSMSやラインでは、それこそ暗号(注1)のような若者言葉が飛び交っているらしい。

　どんな言葉があるか、ネットで　2　覗いてみた。

　「フロリダ」とは、「風呂に入るから一時離脱(注2)する」という意味だそうだ。お風呂に入るので会話を中断するよ、という時に使うらしい。似た言葉に「イチキタ」がある。「一時帰宅する」の略で、1度家に帰ってから出かけよう、というような時に使うそうだ。どちらも漢字の　3-a　を組み合わせた　3-b　だ。

　「り」「りょ」は、「了解」、「おこ」は「怒っている」ということ。ここまで極端に　4　と思うのだが、若者はせっかち(注3)なのだろうか。

　「ディする」は、英語disrespect（軽蔑する）を日本語の動詞的に使って「軽蔑する」という意味。「メンディー」は英語っぽいが「面倒くさい」という意味だという。

　「ガチしょんぼり(注4)沈殿(注5)丸」は、何かで激しくしょんぼりしている状態を表すそうだが、これなどちょっと可愛く、センスもあると思われる。

　これらの若者言葉を使っている若者たちも、何年か後には「若者」でなくなり、若者言葉を卒業することだろう。　5　、言葉の遊びを楽しむのもいいことかもしれない。

（注1）暗号：秘密の記号。
（注2）離脱：離れて抜け出すこと。
（注3）せっかち：短気な様子。
（注4）しょんぼり：がっかりして元気がない様子。
（注5）沈殿：底に沈むこと。

1

1　若者にしか　　　　　　　2　若者には

3　若者だけには　　　　　　4　若者は

2

1　じっと　　　　　　　　　2　かなり

3　ちらっと　　　　　　　　4　さんざん

3

1　a　読み　／　b　略語　　2　a　意味　／　b　略語

3　a　形　／　b　言葉　　　4　a　読み　／　b　熟語

4

1　略してもいいのでは　　　2　組み合わせてもいいのでは

3　判断してはいけないのでは　4　略しなくてもいいのでは

5

1　困ったときには　　　　　2　しばしの間

3　永久に　　　　　　　　　4　さっそく

もんだい<br>
**問題 1** 次の文章を読んで、文章全体の内容を考えて、　**1**　から　**5**　の中に入る最もよいものを、1・2・3・4の中から一つ選びなさい。

**問題 1** 請於閱讀下述文章之後，就整體文章的內容作答第　**1**　至　**5**　題，並從 1・2・3・4 選項中選出一個最適合的答案。

---

### 若者言葉

いつの時代も、若者特有の若者言葉というものがあるようである。電車の中などで、中・高生グループの会話を聞いていると、大人にはわからない言葉がポンポン出てくる。　**1**　通じない言葉を使うことによって、彼らは仲間意識を感じているのかもしれない。

携帯電話やスマートフォンでの SMS やラインでは、それこそ暗号(注1)のような若者言葉が飛び交っているらしい。

どんな言葉があるか、ネットで　**2**　覗いてみた。

「フロリダ」とは、「風呂に入るから一時離脱(注2)する」という意味だそうだ。お風呂に入るので会話を中断するよ、という時に使うらしい。似た言葉に「イチキタ」がある。「一時帰宅する」の略で、1度家に帰ってから出かけよう、というような時に使うそうだ。どちらも漢字の　**3-a**　を組み合わせた　**3-b**　だ。

「り」「りょ」は、「了解」、「おこ」は「怒っている」ということ。ここまで極端に　**4**　と思うのだが、若者はせっかち(注3)なのだろうか。

「ディする」は、英語 disrespect（軽蔑する）を日本語の動詞的に使って「軽蔑する」という意味。「メンディー」は英語っぽいが「面倒くさい」という意味だという。

「ガチしょんぼり(注4)沈殿(注5)丸」は、何かで激しくしょんぼりしている状態を表すそうだが、これなどちょっと可愛く、センスもあると思われる。

これらの若者言葉を使っている若者たちも、何年か後には「若者」でなくなり、若者言葉を卒業することだろう。　**5**　、言葉の遊びを楽しむのもいいことかもしれない。

---

（注1）暗号：秘密の記号。<br>
（注2）離脱：離れて抜け出すこと。<br>
（注3）せっかち：短気な様子。<br>
（注4）しょんぼり：がっかりして元気がない様子。<br>
（注5）沈殿：底に沈むこと。

# 年輕人用語

　　無論在任何時代，年輕人總有專屬於年輕人的獨特用語。當你在電車裡聽一群中學生或高中生聊天，經常會接二連三出現大人所無法理解的話語。或許他們在使用這種　1　只有年輕人才懂的語言時，能夠感受到同儕意識。

　　在一般手機或智慧型手機的 SMS 和 LINE 上，宛如暗號<sup>（注1）</sup>般的年輕人用語更是滿天飛。

　　我在網路上試著　2　稍微看了一下到底有什麼樣的用語。

　　例如，「フロリダ」這句話的意思據説是「我要去洗澡了，暫時離開<sup>（注2）</sup>對話」，用在自己要進浴室所以無法繼續交談的時候。類似的用語還有「イチキタ」，這是「回家一趟」的簡稱，聽説用在要先回家一趟再出門的時候。這些都是由漢字　3-a　讀音組合而成的　3-b　縮寫詞。

　　「り」或「りょ」是「了解」、「おこ」是生氣的意思。雖然覺得似乎　4　沒有必要縮寫到這麼極端的地步，但或許年輕人都是急性子<sup>（注3）</sup>的緣故吧。

　　「ディする」是把英文 disrespect（輕蔑）當成日語的動詞使用，表示「瞧不起」的意思。「メンディー」看起來像是英文，其實意思是「麻煩死了」。

　　至於「ガチしょんぼり<sup>（注4）</sup>沈殿<sup>（注5）</sup>丸」據説是用來表示非常沮喪的狀態，這句話倒是有點可愛，也頗具巧思。

　　正在使用這些年輕人用語的那些年輕人，幾年之後將不再是「年輕人」，應該也就不再使用這些年輕人用語了。或許在　5　短暫的時光中享受這樣的語言遊戲，亦不失為一種樂趣。

（注1）暗號：秘密記號。
（注2）脫離：離開原本所屬的地方。
（注3）性急：沒耐性的樣子。
（注4）垂頭喪氣：失望而提不起精神的樣子。
（注5）沉澱：沉落到最底下。

## 1

| 1 若者<ruby>わかもの</ruby>にしか | 2 若者<ruby>わかもの</ruby>には | 3 若者<ruby>わかもの</ruby>だけには | 4 若者<ruby>わかもの</ruby>は |
|---|---|---|---|
| 1 只有年輕人才 | 2 對年輕人來說 | 3 僅對年輕人 | 4 年輕人是 |

若者言葉とは、若者にだけ通じる、言い換えると「若者にしか通じない」言葉である。「〜にしか」は、後に否定の語を伴って、限定する意味を表す。

年輕人的獨特用語是指只有年輕人才懂的語言，換句話說就是「若者にしか通じない／只有年輕人才懂」的語言。「〜にしか／只〜」後面接否定的詞語，表示限定的意思。

## 2

| 1 じっと | 2 かなり | 3 ちらっと | 4 さんざん |
|---|---|---|---|
| 1 一直 | 2 相當 | 3 稍微 | 4 狼狼地 |

「のぞく」は、ほんの少しだけ見ること。この意味に合うのは、3「ちらっと」。
間違えたところをチェック！
1「じっと」は、目を離さずに見つめる様子。2「かなり」は、だいぶ、非常にの意味で、ある程度以上であることを表す。4「さんざん」は、何度も何度も、などの意味で、程度などがはなはだしい様子を表す。

「のぞく／看了一下」是指只看一點點。符合這個意思的是選項3「ちらっと／稍微」。
檢查錯誤的地方！
選項1「じっと／一直」是目不轉睛盯著看的樣子。選項2「かなり／相當」是相當、非常的意思，表示在一定程度之上。選項4「さんざん／狼狼地」是好幾次、一次又一次等意思，表示程度極為離譜的樣子。

## 3

| 1 a 読<ruby>よ</ruby>み ／ b 略語<ruby>りゃくご</ruby> | 2 a 意味<ruby>いみ</ruby> ／ b 略語<ruby>りゃくご</ruby> |
|---|---|
| 3 a 形<ruby>かたち</ruby> ／ b 言葉<ruby>ことば</ruby> | 4 a 読<ruby>よ</ruby>み ／ b 熟語<ruby>じゅくご</ruby> |
| 1 a 讀音 ／ b 縮寫詞 | 2 a 意思 ／ b 縮寫詞 |
| 3 a 形式 ／ b 語言 | 4 a 讀音 ／ b 成語 |

「フロリダ」の「フロ」は「風呂に入るから」の「フロ」、「リダ」は、「離脱する」の「リダ」。「イチキタ」も同様に、漢字の読みを組み合わせた略語だと言っている。

「フロリダ」的「フロ」來自於「風呂に入るから／我要去洗澡了」的「フロ」，「リダ」則是「離脱する／暫時離開」的「リダ」。「イチキタ」也同様是由漢字組成的略語。

---

**4**　　　　　　　　　　　　　　　　　　　Answer ❹

| | |
|---|---|
| 1　略してもいいのでは | 2　組み合わせてもいいのでは |
| 3　判断してはいけないのでは | 4　略しなくてもいいのでは |

| | |
|---|---|
| 1 縮寫或許也不錯 | 2 組合起來或許也不錯 |
| 3 或許不應該判斷 | 4 沒有必要縮寫到 |

「了解」を「り」「りょ」、「怒っている」を「おこ」と略することに対して、ここまで極端に「略しなくてもいいのでは」と、筆者は考えている。

對於把「了解／了解」省略成「リ」、「りょ」，「怒っている／生氣」省略成「おこ」的這些縮寫，作者認為「略しなくてもいいのでは／沒有必要縮寫到這麼極端的地步」。

---

**5**　　　　　　　　　　　　　　　　　　　Answer ❷

| | | | |
|---|---|---|---|
| 1　困ったときには | 2　しばしの間 | 3　永久に | 4　さっそく |

| | | | |
|---|---|---|---|
| 1 困擾的時候應該 | 2 短暫的時光 | 3 永遠地 | 4 立刻 |

若者たちも、何年か後には若者ではなくなるのだから、若者であるしばらくの間、若者言葉を使うことで言葉の遊びを楽しむのもいいことかもしれない、と、筆者は若者言葉に対して寛容な気持ちをしめしている。

文章最後提到，這些年輕人幾年後也就不是年輕人了，趁現在還年輕，用年輕人的獨特用語享受文字遊戲或許也不錯。可見作者對於年輕人的獨特用語採取寬容的態度。

# Memo

## 1 文法闖關大挑戰

文法知多少？請完成以下題目，從選項中，選出正確答案，並完成句子。
《答案詳見右下角。》

**2** 薬を飲んで _____ して痩せたいのですか。
1. まで　2. さえ

1. まで：「てまで」即使…也要…
2. さえ：只要（就）…

**4** コップ _____ 、グラス
_____ 、飲めればそれでいいよ。
1. として／として
2. であれ／であれ

1. として／として：沒有此用法。
2. であれ／であれ：「であれ…であれ」即使是…也…

**6** 休日 _____ 平日 _____ 、お客さんがいっぱいだ。
1. といわず／といわず
2. によらず／によらず

1. といわず／といわず：「といわず…といわず」無論是…還是…
2. によらず／によらず：沒有「によらずによらず」這樣的句型。

**1** 父が２メートル _____ クリスマスツリーを買ってきた。
1. からある　2. だけある

1. からある：足有…之多…
2. だけある：「だけあって」不愧是…

**3** あきらめない _____ 、何が何でもあきらめません。
1. という　2. といったら

1. という：叫做…的
2. といったら：説到…就…

**5** 話し方 _____ 雰囲気 _____ 、タダ者じゃないね。
1. だの／だの
2. といい／といい

1. だの／だの：「…だの…だの」…啦…啦
2. といい／といい：「…といい…といい」…也好…也好

**7** 灯篭は浮き _____ 沈み _____ 流されていった。
1. なり／なり　2. つ／つ

1. なり／なり：「…なり…なり」…也好…也好
2. つ／つ：「…つ…つ」時而…時而…

☐ 1 からある　　　　　　　☐ 5 といい…といい
☐ 2 てまで、までして　　　☐ 6 といわず…といわず
☐ 3 といったら　　　　　　☐ 7 つ…つ
☐ 4 であれ…であれ

**3** 文法比較 --- 副助詞（程度・強調・列舉・反覆）　

## 1

| **からある**<br>「足有…之多…」、「…值…以上」 | 比較 | **だけある**<br>「不愧是…」 |

【名詞（數量詞）】＋からある。前面接表數量的詞，強調數量之多、超乎常理的。含「目測大概這麼多，説不定還更多」意思。

例 120 キロからある大物のマグロを釣った。

釣到一尾重達一百二十公斤的大鮪魚。

【名詞；形容動詞詞幹な；[ 形容詞・動詞] 普通形】＋だけある。表示與其做的努力、所處的地位、所經歷的事情等名實相符。

例 頭がいいしやる気もある。社長が娘の婿にと考えるだけある。

不但聰明而且幹勁十足，不愧是總經理心目中的女婿人選。

## 2

| **てまで、までして**<br>「甚至…」、「即使…也要」、「甚至於到…地步」 | 比較 | **さえ**<br>「連…」、「甚至」 |

【動詞て形】＋まで、までして；【名詞】＋までして。表示為達到目的，採取極端的行動。前項接極端的事情，後項多表示意志、判斷等句子。

例 家族の幸せを犠牲にしてまで、仕事をしたいのか。

難道不惜犧牲家人的幸福也要拚命工作嗎？

【名詞＋（助詞）】＋さえ。表示舉出的例子都不能了，其他更不必提。

例 1 年前は、「あいうえお」さえ書けなかった。

一年前連「あいうえお」都不會寫。

## 3

### といったら
「說了…就，說到…就」

比較

### という
「叫做…的…」

【名詞】＋といったら。表示意志堅定，是一種強調的說法。無論誰說什麼，都絕對要進行後項的動作。

例 やるといったら絶対にやる。死んでもやる。

一旦決定了要做就絕對要做到底，即使必須拚死一搏也在所不辭。

【名詞】＋という＋【名詞】。表示人或物的稱謂；也可表示後一體言的具體內容；前接數量詞時表示強調數量之多或少。

例 今朝、半沢という人から電話がかかって来ました。

今天早上，有個叫半澤的人打了電話來。

## 4

### …であれ…であれ
「即使是…也…」、「無論…都…」

比較

### …にしても…にしても
「無論是…還是…」

【名詞】＋であれ＋【名詞】＋であれ。表示不管前項如何，後項皆可成立。舉出例子，再表示全部都適用之意。

例 幹部であれ、普通の職員であれ、責任は同じだ。

無論身為幹部或是一般職員，都必須要肩負同樣的責任使命。

【名詞；動詞】＋にしても＋【名詞；動詞】＋にしても。表示同一種類或相對的兩項事物，都可以説明後述的內容，或兩項事物無一例外。

例 彼は人格にしても家柄にしても、結婚の相手として申し分がございません。

他無論是人品還是家世，作為結婚對象都無可挑剔。

## 5

### といい…といい
「不論…還是」、「…也好…也好」

比較

### …だの…だの
「…啦…啦」

【名詞】＋といい＋【名詞】＋といい。表示列舉。為了做為例子而舉出兩項，後項是對此做出的評價。

【[名詞・形容動詞詞幹]（だった）；[形容詞・動詞]普通形】＋だの…【[名詞・形容動詞詞幹]（だった）；[形容詞・動詞]普通形】＋だの。列舉用法，在眾多事物中選幾個具有代表性的。多半帶有負面的語氣。

**例** この村は、気候といい、食べ物といい、生活するには、最高のところだ。

這個村子，無論是氣候還是食物，都是最好的生活居所。

**例** 毎年年末は、大掃除だのお歳暮選びだので忙しい。

每年年尾又是大掃除又是挑選年終禮品，十分忙碌。

---

## 6

### といわず…といわず
「無論是…還是…」、「…也好…也好…」

比較

### …といい…といい
「…也好…也好」

【名詞】＋といわず＋【名詞】＋といわず。表示所舉的兩個相關或相對的事例都不例外。

【名詞】＋といい＋【名詞】＋といい。表示列舉。為了做為例子而舉出兩項，後項是對此做出的評價。

**例** 昼といわず、夜といわず、借金を取り立てる電話が相次いでかかってくる。

討債電話不分白天或是夜晚連番打來。

**例** 娘といい、息子といい、全然家事を手伝わない。

女兒跟兒子，都不幫忙做家事。

---

## 7

### つ…つ
「一邊…一邊…」、「時而…時而…」

比較

### …なり…なり
「或是…或是」

【動詞ます形】＋つ＋【動詞ます形】＋つ。表示兩方相互之間的動作。書面用語。多作為慣用句來使用。

【名詞；動詞辭書形】＋なり＋【名詞；動詞辭書形】＋なり。表示從列舉的同類或相反的事物中，選擇其中一個。

**例** なんだかんだ言っても、肉親は持ちつ持たれつの関係にある。

雖然嘴裡嫌東嫌西的，畢竟血濃於水還是相互扶持的血親關係。

**例** テレビを見るなり、お風呂に入るなり、好きにくつろいでください。

看電視也好、洗個澡也好，請自在地放鬆休息。

**問題1　（　　）に入るのに最もよいものを、1・2・3・4から一つ選びなさい。**

1　A：明日、降らないといいね。

　　B：うん、でも（　　　　）、美術館か博物館にでも行こうよ。

1　雨といい風といい　　　　　　　2　雨といわず風といわず

3　雨にいたっては　　　　　　　　4　雨なら雨で

2　作業中は、おしゃべり（　　　　）、トイレに行くことも許されないなんて、まるで刑務所だね。

1　ときたら　　　　　　　　　　　2　はおろか

3　といわず　　　　　　　　　　　4　であれ

3　この私がノーベル賞を受賞するとは。貧乏学生だった頃には想像だに（　　　　）。

1　できません　　　　　　　　　　2　していません

3　しませんでした　　　　　　　　4　しないものです

4　移民の中には、学ぶ機会を与えられず、自分の名前（　　　　）書けない者もいた。

1　だに　　　　　　　　　　　　　2　こそ

3　きり　　　　　　　　　　　　　4　すら

**問題2　つぎの文の＿＿★＿＿に入る最もよいものを、1・2・3・4から一つ選びなさい。**

5　山頂から＿＿＿＿　＿＿＿＿　＿★＿　＿＿＿＿。一生の思い出だ。

1　素晴らしさ　　　　　　　　　　2　眺めた

3　といったら　　　　　　　　　　4　景色の

問題1　（　　）に入るのに最もよいものを、1・2・3・4から一つ選びなさい。

問題1　請從1・2・3・4之中選出一個最適合填入（　　）的答案。

**1**　　　　　　　　　　　　　　　　　　　　　　　　　Answer **④**

> A：明日、降らないといいね。
> B：うん、でも（　　　　）、美術館か博物館にでも行こうよ。
> 1　雨といい風といい　　　　　　　　2　雨といわず風といわず
> 3　雨にいたっては　　　　　　　　　4　雨なら雨で

> A：真希望明天別下雨哦！
> B：嗯，可是（下雨的話就按照雨天的方案），看是要去美術館還是博物館都好！
> 1　是雨也好是風也罷　　　　　　　　2　不論下雨還是颱風
> 3　至於說到下雨　　　　　　　　　　4　下雨的話就按照雨天的方案

「～なら…で」は、～という状況で
も、想像と違う、と言いたいとき。問
題文は、雨でも美術館…に行けばいい
から、（雨から想像するのと違って）
悪くない、と言っている。例、
・ここは静かでいいのだが、静かな
　ら静かでまた寂しいものだ。
この文型の形は以下の通り。
・動詞の場合：行けば行ったで、行っ
たら行ったで
・い形容詞の場合：新しければ新しい
で、新しかったら新しいで
・な形容詞の場合：便利なら便利で
他の選択肢の文型もチェック：
1「（名詞）といい（名詞）といい」
は、～を見ても～を見ても同じだ、と
言いたいとき。例、
・君の家族は、お母さんといいお姉
さんといい、みんな美人だなあ。
2「（名詞）といわず（名詞）といわず」

「～なら…で／～的話…也沒關係」用在
想表達 "就算是～的狀況，也有和想像中
不同的看法" 時。題目的意思是即使下雨
也可以去博物館（不同於一般人對下雨的
反應），所以沒關係。例句：
・這地方安安靜靜的雖然好，但在靜謐
　之中卻也透著幾分冷清。
這個文法的形式如下，
・動詞的情況：去也沒關係、去也沒關係
・い形容詞的情況：新歸新、新歸新
・な形容詞的情況：方便歸方便
檢查其他選項的文法：
選項1「（名詞）といい（名詞）といい／
也好～也罷」用在想表達 "不管是看到～
還是看到～都一樣"。例句：
・你的家人，包括媽媽也好、姊姊也好，
　每一位都是美女啊！
選項2，「（名詞）といわず（名詞）と
いわず／無論～還是～」是表示 "～也好

で、〜も〜も全部、という意味を表す。

3「（名詞）にいたっては」は、極端な例をあげて、特に〜は、と言いたいとき。例、

・今年は地震が多い。今月にいたっては、毎週のように小さな地震がある。

也好，全都"的意思。

選項3「（名詞）にいたっては／至於說到」用在想表達"舉一個極端的例子，尤其像是〜"時。例句：

・今年常常發生地震。光是這個月就幾乎每星期都有小規模的地震。

---

**2**

Answer ❷

作業中は、おしゃべり（　　　　）、トイレに行くことも許されないなんて、まるで刑務所だね。

1　ときたら　　　　　2　はおろか　　　　　3　といわず　　　　　4　であれ

在工作期間，（別說是）聊天了，就連上廁所都不行，簡直像在監獄裡一樣！
1 提到〜的話　　　　2 別說是　　　　　3 不要說　　　　　4 儘管是〜

---

「（名詞）はおろか」は、〜はもちろん、という意味。より程度の高い（低い）ものを強調する言い方。よくないことを表すことが多い。例、

・生活が苦しくて、旅行はおろか、外食をする余裕もない。

他の選択肢の文型もチェック：

1「（名詞）ときたら」は、〜はよくない、と言いたいとき。例、

・うちの犬ときたら餌を食べる以外はずっと寝てるんだ。

3「（名詞）といわず（名詞）といわず」で、〜も〜も全部、という意味を表す。例、

・隣の人は昼といわず夜といわず大きな音でテレビをつけていて、迷惑している。

4「（名詞）であれ（名詞）であれ」

「（名詞）はおろか／別說是」是"〜是當然的"的意思。是強調比此程度更高（或更低）的說法。常用於表達負面的事。例句：

・生活十分困苦，別說旅遊了，甚至沒有多餘的錢去外面吃東西。

檢查其他選項的文法：

選項1「（名詞）ときたら／提到〜的話」用在想表達"〜很糟糕"時。例句：

・說起我家的狗，除了吃飯以外，成天總是呼呼大睡。

選項3「（名詞）といわず（名詞）といわず／無論〜還是〜」是表示"〜也好〜也好，全都"的意思。例句：

・鄰居不分白天和夜晚，總是將電視音量開得很大，非常擾人。

選項4「（名詞）であれ（名詞）であれ

で、～でも～でも関係なくみんな同じ
だ、という意味を表す。例、
・海であれ川であれ、夏は水の事故
に注意が必要だ。

／不管是～還是～」是表示“無論～還是～
都沒差別，全都一樣”的意思。例句：
・不管去海邊或是河畔，夏天務必小心
發生溺水意外。

---

**3**　　　　　　　　　　　　　　　　　　　Answer **3**

この私がノーベル賞を受賞するとは。貧乏学生だった頃には想像だに（　　　）。

1　できません　　　　　　　　　　2　していません

3　しませんでした　　　　　　　　4　しないものです

没有想到我竟然得到諾貝爾獎！在我當年還是個窮學生的時候，（完全沒有）想像過會
有這種事。
1 沒辦法　　　　2 沒有做　　　　3 完全沒有　　　　4 不做的事

「貧乏学生だった頃」のことなので、
過去形を選ぶ。「～だに」は「～だに…
ない」の形のとき、全く…ない、とい
う意味を表す。例、
・あの泣き虫の女の子が日本を代表
する女優になるなんて、夢にだに
思わなかった。
「～とは」は、驚きだ、すごい、酷い、
などの気持ちを表す言い方。

因為是「貧乏学生だった頃／當年還是個窮
學生的時候」，所以要選過去式。「～だに
／連～」寫作「～だに…ない／連～也不…」
形式時，表示“完全…沒有”的意思。例句：
・作夢也想不到，那個愛哭的小女孩居
然成為日本數一數二的女明星了！
「～とは／竟然～」是表達“訝異、驚人、
嚴重”等心情的說法。

---

**4**　　　　　　　　　　　　　　　　　　　Answer **4**

移民の中には、学ぶ機会を与えられず、自分の名前（　　　）書けない者もいた。

1　だに　　　　　　2　こそ　　　　　3　きり　　　　　4　すら

在移民者當中，有些人沒有機會學習，（甚至連）自己的姓名都不會寫。
1 一～就～　　　2 正因為　　　3 自從～就一直～　　4 甚至連

「（名詞）すら」は、極端な例をあげ
て、他ももちろんそうだ、とする言い
方。～さえ。例、

「（名詞）すら／甚至連～」是“舉出一
個極端的例子，表示其他也肯定是如此”
的說法。是“就連～”的意思。例句：

・父は病状が悪化し、自分の足で歩くことすら難しくなった。

他の選択肢の文型もチェック：

1「（名詞、動詞辞書形）」だに」は、〜だけでも、という意味。「聞く、考える、想像する」などの決まった動詞につくことが多い。例、

・細菌を兵器にするとは、聞くだに恐ろしい。

3「（動詞た形）きり」は、〜の後も同じ状態が続くことを表す。例、

・母とは国を出る前に会ったきりです。

・家父病情惡化，已經幾乎沒力氣自己走路了。

檢查其他選項的文法：

選項1「（名詞、動詞辞書形）」だに／一〜就〜」是"光是〜就會"的意思。多接在「聞く、考える、想像する／聽、想、想像」等特定動詞後面。例句：

・光是聽到要打細菌戰，就讓人不寒而慄。

選項3「（動詞た形）きり／自從〜就一直〜」表示"〜之後也繼續維持相同狀態"。例句：

・自從出國前向媽媽告別，一直到現在都沒再見到媽媽了。

5                                                                                   Answer ❶

山頂から＿＿＿＿ ＿＿＿＿★＿＿ ＿＿＿＿。一生の思い出だ。
1 素晴らしさ    2 眺めた    3 といったら    4 景色の

提起那時從山頂上眺望的景色實在太壯觀了！我一輩子都不會忘記！
1 太壯觀了    2 那時眺望    3 提起    4 景色

山頂から ２眺めた ４景色の １素晴らしさ ３といったら。一生の思い出だ。

文末に２を持って来ると、文が成立しないことに気付く。４と１をつなげる。「山頂から」の後に２を置く。文末に３を入れる。３は「〜といったらない」の「ない」（問題文では過去形の「なかった」）が省略されたもの。

文型をチェック：

「（名詞）といったら（ない）」は、程度が非常に高い（低い）ことへの驚きを表す言い方。話し言葉。例、

・怒られたときの、うちの犬の顔といったらないんだ。人間よりも悲しそうな顔をするよ。

３提起 ２那時 從山頂上 ２眺望 的 ４景色 ３實在 １太壯觀了！我一輩子都不會忘記！

請注意如果把選項２填入句尾，句子則無法成立。將選項４和選項１連接在一起。「山頂から／從山頂上」的後面應接選項２。句子最後應填入選項３。選項３將「〜といったらない／實在是」的「ない」（本題是過去式所以應為「なかった」）省略了。

檢查文法：

「（名詞）といったら（ない）／實在是」是表達 "驚訝於程度之高（或低）" 的說法。是口語說法。例句：

・說起我家那隻狗挨罵時的表情簡直難以形容，看起來比人類還要傷心難過呢！

# Memo

# 04 副助詞（限定・非限定・附加）

## **1** 文法闖關大挑戰

文法知多少？請完成以下題目，從選項中，選出正確答案，並完成句子。
《答案詳見右下角。》

**1** 私の役割は、ただみなの意見を一つにまとめること ＿＿＿＿＿ です。
1. のみ　2. ならでは

1. のみ：「ただ…のみ」只有…
2. ならでは：正因為…才

**2** 街はクリスマス ＿＿＿＿＿ のロマンティックな雰囲気にあふれている。
1. ならでは　2. ながら

1. ならでは：正因為…才…
2. ながら：邊…邊…

**3** 同僚で英語ができる人といえば、鈴木さんを ＿＿＿＿＿ いない。
1. もって　2. おいて

1. もって：「をもって」以此…
2. おいて：「をおいて…ない」除了…之外沒有

**4** キンモクセイはただその香り ＿＿＿＿＿、花も美しい。
1. は言うまでもなく
2. のみならず

1. は言うまでもなく：不用説…（連）也
2. のみならず：「ただ…のみならず」不僅…而且…

**5** 悔しさと情けなさ ＿＿＿＿＿、自然に涙がこぼれてきました。
1. が相まって　2. とともに

1. が相まって：「…と…（と）が相まって」…加上…
2. とともに：和…一起…

**6** 彼女は雑誌の編集 _____、表紙のデザインも手掛けています。
1. はおろか　2. にとどまらず

1. はおろか：不用説…就是…也…
2. にとどまらず：不僅…還…

**7** ハリケーンのせいで、財産 _____ 家族をも失った。
1. はおろか　2. を問わず

1. はおろか：不用説…就是…也…
2. を問わず：無論…

**8** 有名なレストラン _____、地元の人しか知らない穴場もご紹介します。
1. のみならず
2. は言うに及ばず

1. のみならず：不僅…也…
2. は言うに及ばず：不用説…（連）也…

**9** 技術の高さ _____、その柔軟な発想力には頭が下がります。
1. もさることながら
2. はさておき

1. もさることながら：不用説…更是…
2. はさておき：暫且不説…

答案：(1)1 (2)1 (3)2 (4)2 (5)1
(6)2 (7)1 (8)2 (9)1

053

## **2** 副助詞（限定・非限定・附加）總整理

□ 1 ただ…のみ
□ 2 ならではの
□ 3 をおいて…ない
□ 4 ただ…のみならず
□ 5 と…（と）が相まって

□ 6 にとどまらず
□ 7 はおろか
□ 8 は言うに及ばず、は言うまでもなく
□ 9 もさることながら

## **3** 文法比較 --- 副助詞（限定・非限定・附加）　(T-04)

### **1**

**ただ…のみ**
「只有…」、「只…」、「唯…」

比較

ただ＋【名詞（である）；形容詞辭書形；形容動詞詞幹である；動詞辭書形】＋のみ。表示限定除此之外，沒有其他。

例 試験は終わった。あとはただ結果を待つのみ。

考試終於結束了，接下來只等結果揭曉而已。

**ならではの**
「正因為…才」

【名詞】＋ならではの。表示對前面的某人事物的讚嘆，是一種高度評價的表現方式。

例 決勝戦ならではの盛り上がりを見せている。

比賽呈現出決賽才會有的激烈氣氛。

### **2**

**ならではの**
「正因為…才有（的）」、「只有…才有（的）」、「若不是…是不…（的）」

比較

【名詞】＋ならではの。表示如果不是前項，就沒後項，正因為是這人事物才會這麼好。是高評價的表現方式。

例 これはおふくろの手作りならではの味だ。

這個味道只有媽媽才做得出來。

**ながらの**
「一樣」、「…狀」

【名詞；動詞ます形】＋ながらの＋【名詞】。表示原有的狀態，原封不動。

例 僕は生まれながらのばかなのかもしれません。

説不定我是個天生的傻瓜。

## 3

### をおいて…ない
「除了…之外」

比較

### をもって
「以此…」、「至…為止」

【名詞】＋をおいて…ない。表示沒有可以跟前項相比的事物，在某範圍內，這是最積極的選項。

例 あなたをおいて、彼を説得できる人はいない。

除了你以外，沒有其他人能夠說服他。

【名詞】＋をもって。表示行為的手段、方法、根據、原因、進行時間等。

例 以上をもって、私の挨拶とさせていただきます。

以上是我個人的致詞。

## 4

### ただ…のみならず
「不僅…而且」、「不只是…也」

比較

### は言うまでもなく
「不用說…（連）也」

ただ＋【名詞（である）；形容詞辭書形；形容動詞詞幹である；動詞辭書形】＋のみならず。表示不僅只前項這樣，後接的涉及範圍還要更大、還要更廣。

例 彼はただ勇敢であるのみならず、優しい心の持ち主でもある。

他不只勇敢，而且秉性善良。

【名詞】＋は言うまでもなく。表示前項很明顯沒有說明的必要，後項較極端的事例當然也不例外。是種遞進的表現。

例 日本はアニメは言うまでもなく、ファッションや音楽なども世界で人気がある。

動漫自不必說，日本的時尚和音樂在全世界也都非常受歡迎。

## 5

### …と…（と）が相まって
「…加上…」、「與…相結合」、「與…相融合」

比較

### とともに
「和…一起」

【名詞】＋と＋【名詞】＋（と）が相まって。表示某一事物，再加上前項這一特別的事物，產生了更加有力的效果之意。

例 父は才能と努力が相まって成功した。

父親是以其才華與努力相輔相成之下終獲成功的。

【名詞；動詞辭書形】＋とともに。表示後項的動作或變化，跟著前項同時進行或發生。

例 雷の音とともに、大粒の雨が降ってきた。

隨著打雷聲，落下了豆大的雨滴。

**6**

| にとどまらず<br>「不僅…還…」、「不限於…」、<br>「不僅僅…」 | 比較 | はおろか<br>「不用說…就是…也」 |
|---|---|---|

【名詞（である）；動詞辭書形】＋にとどまらず。表示不僅限於前面的範圍，更有後面廣大的範圍。

例 テレビの悪影響<sub>あくえいきょう</sub>は子供<sub>こども</sub>たちのみにとどまらず、大人<sub>おとな</sub>にも及<sub>およ</sub>んでいる。

電視節目所造成的不良影響，不僅及於孩子們，甚至連大人亦難以倖免。

【名詞】＋はおろか。表示前項沒有說明的必要，強調後項較極端的事例也不例外。含說話者吃驚、不滿等情緒。

例 退院<sub>たいいん</sub>はおろか、意識<sub>いしき</sub>も戻<sub>もど</sub>っていない。

別說是出院了，就連意識都還沒有清醒過來。

---

**7**

| はおろか<br>「不用說…就是…也…」 | 比較 | を問わず<br>「無論…」 |
|---|---|---|

【名詞】＋はおろか。表示前項沒有說明的必要，強調後項較極端的事例也不例外。含說話者吃驚、不滿等情緒。

例 この国<sub>くに</sub>のトイレは、ドアはおろか、壁<sub>かべ</sub>さえもない。

這個國家的廁所，別說是門，就連牆壁也沒有。

【名詞】＋を問わず。表示沒有把前接的詞當作問題、跟前接的詞沒有關係。

例 ワインは、洋食和食<sub>ようしょくわしょく</sub>を問<sub>と</sub>わず、よく合<sub>あ</sub>う。

無論是西餐或日式料理，葡萄酒都很適合。

# 8

## は言うに及ばず、は言うまでもなく
「不用說…（連）也」、「不必說…就連…」

比較

## のみならず
「不僅…，也…」

【名詞】＋は言うに及ばず、は言うまでもなく；【[名詞・形容動詞詞幹]な；[形容詞・動詞]普通形】＋は言うに及ばず、のは言うまでもなく。表示前項很明顯沒有說明的必要，後項較極端的事例當然也不例外。是種遞進的表現。

例 年始は言うに及ばず、年末も当然お休みです。

元旦時節自不在話下，歲末當然也都有休假。

【名詞；形容動詞詞幹である；[形容詞・動詞]普通形】＋のみならず。表示添加，用在不僅限於前接詞的範圍，還有後項進一層的情況。

例 彼はただアイディアがあるのみならず、実行力も備えている。

他不僅能想點子，也具有實行能力。

# 9

## もさることながら
「不用說…」、「…（不）更是…」

比較

## はさておき
「暫且不說…」

【名詞】＋もさることながら。前接基本內容，後接強調內容。表示雖然不能忽視前項，但後項更進一步。

例 このドラマは、内容もさることながら、俳優の演技もすばらしいです。

這部連續劇不只內容精采，演員的演技也非常精湛。

【名詞】＋はさておき。表示現在先不考慮前項，而先談論後項。

例 仕事の話はさておいて、さあさあまず一杯。

別談那些公事了，來吧來吧，先乾一杯再說！

**問題1　（　）に入るのに最もよいものを、1・2・3・4から一つ選びなさい。**

1　体の温まる味噌味の鍋は、寒さの厳しい北海道（　　　）の郷土料理です。

1　ばかり　　　　　　　　　　2　ならでは

3　なり　　　　　　　　　　　4　あって


2　複雑な過去を持つこの主人公を演じられるのは、彼を（　　　）他にいない
だろう。

1　よそに　　　　　　　　　　2　おいて

3　もって　　　　　　　　　　4　限りに


3　彼は、親の期待（　　　）、大学を中退して、田舎で喫茶店を始めた。

1　を問わず　　　　　　　　　2　をよそに

3　はおろか　　　　　　　　　4　であれ


4　A社の技術力（　　　）、時代の波には勝てなかったというわけだ。

1　に至っては　　　　　　　　2　にとどまらず

3　をものともせずに　　　　　4　をもってしても


5　この薬の開発を待っている患者が全国にいるのだ。完成するまで1分
（　　　）無駄にはできない。

1　なり　　　　　　　　　　　2　かたがた

3　たりとも　　　　　　　　　4　もさることながら

問題1　（　　）に入るのに最もよいものを、1・2・3・4から一つ選びなさい。

問題1　請從1・2・3・4之中選出一個最適合填入（　　）的答案。

---

1　　　　　　　　　　　　　　　　　　　　　　　　　　　　　Answer ❷

体の温まる味噌味の鍋は、寒さの厳しい北海道（　　　　）の郷土料理です。

1　ばかり　　　　　2　ならでは　　　　　3　なり　　　　　4　あって

能夠讓身體發暖的味噌風味火鍋是天氣嚴寒的北海道（才有的）的家鄉菜。

1 總是　　　　　2 才有的　　　　　3 一～就～　　　　4 有

---

「（名詞）ならでは」は、〜しかない、〜だけができる、と評価する言い方。例、

・映画のラストシーンは素晴らしかった。演出に定評のある松田監督ならではだ。

他の選択肢の文型もチェック：

3「（名詞、普通形）なり（の）」は、程度は高くないが、精一杯のことをする、という意味。例、

・先生がお休みの間、わたしなりに工夫して資料を作ってみました。

4「（名詞）あっての」は、〜があるからこそ、という意味。例、

・ファンあってのプロスポーツだ。ファンサービスも選手の仕事と言えるだろう。

「（名詞）ならでは／正因為〜才有的」是評論"只有〜、只有〜能做到"的說法。例句：

・電影的最後一個鏡頭真是太精彩了！不愧是素有佳評的松田導演執導的作品！

檢查其他選項的文法：

選項3「（名詞、普通形）なり（の）／盡〜所能」是"雖然程度不高，但非常努力地做"的意思。例句：

・老師休息期間，我盡己所能地試著努力彙整了資料。

選項4「（名詞）あっての／正因為〜才能」是"正因為有〜才能"的意思。例句：

・職業運動團隊必須仰賴球迷的支持才能永續經營，所以嘉惠球迷的福利也該算是選手的工作項目之一吧。

複雑な過去を持つこの主人公を演じられるのは、彼を（　　　　）他にいないだろう。

1　よそに　　　　　2　おいて　　　　　3　もって　　　　　4　限りに

能夠詮釋這個歷經許多人生苦難的主角的，（除了）他不作第二人想。

1 無關　　　　　2 除了　　　　　3 以　　　　　4 盡最大的努力

「（名詞）をおいて…ない」は、〜以外にない、という意味。「〜」を高く評価しているときの言い方。例、

・日本でこれだけ精巧な部品を作れるのは、大田製作所をおいてありません。

他の選択肢の文型もチェック：

1　「（名詞）をよそに」は、〜のことを気にしないで、という意味。例、

・彼女は親の心配をよそに、故郷を後にした。

3　「（名詞）をもって」は、〜で、の硬い言い方。名詞が期日の場合は、〜の時までで、という意味。例、

・本日をもって閉会します。

名詞が方法などの場合は手段を表す。例、

・君の実力をもってすれば、不可能はないよ。

4　「（名詞）を限りに」は、〜の時までで終わりにする、と言いたいとき。

「（名詞）をおいて…ない／除了〜就沒有…」是"除〜之外就沒有了"的意思。是對「〜」有高度評價時的說法。例句：

・在日本能夠製造出如此精巧的零件，就只有大田工廠這一家了。

檢查其他選項的文法：

選項1「（名詞）をよそに／不顧」是"不介意〜"的意思。例句：

・她不顧父母的擔憂，離開了故鄉。

選項3「（名詞）をもって／以〜」是"用〜"的意思，是較生硬的說法。如果填入的名詞為日期的情況，是"到〜時"的意思。例句：

・會議就到今天結束。

若是填入的名詞為方法等等，則用於表示手段。例句：

・只要發揮你的實力，絕對辦得到的！

選項4「（名詞）を限りに／從〜之後就不（沒）〜」用於想表達"到〜時為止（從此以後不再繼續下去）"。

彼は、親の期待（　　　　）、大学を中退して、田舎で喫茶店を始めた。
1 を問わず　　　　　　2 をよそに　　　　　3 はおろか　　　　　4 であれ

他（不顧）父母的期望，從大學輟學，到鄉下開了一家咖啡廳。
1 不分　　　　　2 不顧　　　　　3 別說是　　　　　4 不管是

（　　）の前後の文から、親の期待に反して、という意味になる選択肢を選ぶ。「（名詞）をよそに」は、〜を気にしないで行動する、という意味。例、

・スタッフの心配をよそに、監督は危険なシーンの撮影を続けた。

他の選択肢の文型もチェック：

1「（名詞）を問わず」は、〜に関係なくどれも同じ、という意味。例、

・町内ボーリング大会は、年齢、経験を問わずどなたでも参加できます。

3「（名詞）はおろか」は、〜はもちろん…も、という意味。よくないことを言う事が多い。例、

・その男は歩くことはおろか、息をすることすら辛い様子だった。

4「（名詞、疑問詞）であれ」は、たとえ〜でも、という意味。例、

・たとえ社長の命令であれ、法律に反することはできません。

從（　　）的前後文可知，要選擇"與父母的期待相反"意思的選項。「（名詞）をよそに／不顧」是"無視〜狀況而行動"的意思。例句：

・導演不顧工作人員的擔憂，繼續拍攝了危險的鏡頭。

檢查其他選項的文法：

選項1「（名詞）を問わず／不分」是"與〜無關，哪個都一樣"的意思。例句：

・鎮上舉辦的保齡球賽沒有年齡和球資的限制，任何人都可以參加。

選項3「（名詞）はおろか／別說是」是"別說〜就連…也"的意思。常用在負面的事項。例句：

・那個男人別說走路了，看起來就連呼吸都很痛苦的樣子。

選項4「（名詞、疑問詞）であれ／不管是」是"即使〜也"的意思。例句：

・即使是總經理的命令，也不可以違反法律規定！

---

Ａ社の技術力（　　　　）、時代の波には勝てなかったというわけだ。

1　に至っては　　　　　　　　　2　にとどまらず

3　をものともせずに　　　　　　4　をもってしても

（即使）Ａ公司（憑藉）其技術能力，也無法在時代的浪潮中存活下來。

1 至於　　　　　　2 不僅　　　　　　3 不管　　　　　4 即使〜憑藉〜

---

問題文の「技術力」と「勝てなかった」から（　）の前後の関係は逆接と考える。「（名詞）をもって」は手段を表す言い方。例、

・試験の合否は書面をもってご連絡します。

4「〜をもってしても」は、〜を用いても…できない、と言いたいとき。「〜」を高く評価している言い方。例、

・日本のベストメンバーをもってしても、決勝リーグに進むことは難しいでしょう。

他の選択肢の文型もチェック：

1「（名詞）に至っては」は、極端な例を示す言い方。例、

・学校はこの事件に関して何もしてくれませんでした。校長に至っては、君の考え過ぎじゃないのか、と言いました。

2「（名詞、動詞辞書形）にとどまらず」は、〜という範囲を越えて、という意味。例、

・彼のジーンズ好きは趣味にとどまらず、とうとうジーパン専門店を出すに至った。

3「（名詞）をものともせずに」は、困

從題目「技術力／技術能力」和「勝てなかった／無法勝過」兩處可以推測（　）的前後關係是逆接。「（名詞）をもって／以〜」是表示手段的說法。例句：

・考試通過與否，將以書面文件通知。

選項4「〜をもってしても／即使〜憑藉〜」用在想表達 "就算以〜也無法做到…"時。是對「〜」有高度評價的說法。例句：

・即使擁有由日本的菁英好手組成的隊伍，想打入總決賽還是難度很高吧。

檢查其他選項的文法：

選項1「（名詞）に至っては／至於」是表示極端例子的說法。例句：

・關於這起事件，學校完全沒有對我提供任何協助。校長甚至對我說了：這件事是你想太多了吧。

選項2「（名詞、動詞辞書形）にとどまらず／不僅〜」是 "超越〜這個範圍"的意思。例句：

・他對牛仔褲的熱愛已經超越了嗜好，最後甚至開起一家牛仔褲的專賣店來了。

選項3「（名詞）をものともせずに／不當〜一回事」用在想表達 "不向困難低頭"

難に負けないで、と言いたいとき。例、

・母は貧乏をものともせず、いつも明るく元気だった。

時。例句：

・家母並不在意家裡的生活條件匱乏，總是十分開朗而充滿活力。

---

**5** Answer ❸

この薬の開発を待っている患者が全国にいるのだ。完成するまで1分（　　　　）無駄にはできない。

1　なり　　　　　2　かたがた　　　　3　たりとも　　　　4　もさることながら

全國各地都有病患正在殷切期盼這種藥物成功研發出來，直到完成的那一天，我們（連）一分一秒都不能浪費！
1 立刻〜　　　　2 〜順便　　　　3 連〜　　　　4 不言而喻〜

例え1分でも、という意味になる選択肢を選ぶ。「（1＋助数詞）たりとも…ない」は、わずか1（助数詞）もない、全くないと言いたいとき。例、

・あの日のことは1日たりとも忘れたことはない。

他の選択肢の文型もチェック：

1「（動詞辞書形）なり」は、〜してすぐ、という意味。例、

・リンさんはお父さんの顔を見るなり泣き出した。

2「（名詞）かたがた」は、別のことも同時にする、と言いたいとき。例、

・上司のお宅へ、日ごろのお礼かたがたご挨拶に伺った。

4「（名詞）もさることながら」は、〜もそうだがそれ以上に、と言いたいとき。例、

・この地域は景観はさることながら、地元の郷土料理が観光客に人気らしい。

要選"即使一分也"意思的選項。「（1＋助數詞）たりとも…ない／那怕〜 也不（可）〜 」用在想表達"一點（助數詞）也沒有、完全沒有"時。例句：

・那天的事，我至今連一天都不曾忘懷。

檢查其他選項的文法：

選項1「（動詞辭書形）なり／剛〜就立刻〜」是"做了〜後馬上"的意思。例句：

・林小姐一見到父親的臉，立刻哭了出來。

選項2「（名詞）かたがた／順便〜」用在想表達"同時進行其他事情"時。例句：

・我登門拜訪了主管家，順便感謝他平日的照顧。

選項4「（名詞）もさることながら／不言而喻〜」用在想表達"〜自不必說，並且比之更進一步"時。例句：

・這個地區不僅景觀優美，聽說當地的家鄉菜也得到觀光客的讚不絕口。

# 副助詞（比較・選擇・無關係・除外）

## **1** 文法闖關大挑戰

文法知多少？請完成以下題目，從選項中，選出正確答案，並完成句子。
《答案詳見右下角。》

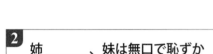

**1**
謝る _____、最初からそんなことしなければいいのに。
1. ぐらいなら　2. というより

1. ぐらいなら：與其…不如…（比較好）
2. というより：與其説…，還不如説…

**2**
姉 _____、妹は無口で恥ずかしがり屋です。
1. にもまして　2. にひきかえ

1. にもまして：更加地…
2. にひきかえ：和…比起來…

**3**
予想 _____ 好調な出だしで、なによりです。
1. に加えて　2. にもまして

1. に加えて：而且…
2. にもまして：更加地…

**4**
景気が _____、私の仕事にはあまり関係がない。
1. 回復しようとしまいと
2. 回復するかどうか

1. 回復しようとしまいと：「うが…まいが」不管…不…
2. 回復するかどうか：「かどうか」是否…

**5**
映画を _____、ショッピングに _____、ちょっとはリラックスしたらどうですか。
1. 見るなり／行くなり
2. 見ようと／行くまいと

1. 見るなり／行くなり：「なり…なり」也好…也好…
2. 見ようと／行くまいと：「うと…まいと」不管…不…

**6** 彼女は見かけに _____、かなり
しっかりしていますよ。
1. かかわらず　2. よらず

1. かかわらず：「にかかわらず」不管
　…都…
2. よらず：「によらず」不管…如何

**7** 真偽のほど _____、これが報
道されている内容です。
1. にもまして　2. はさておき

1. にもまして：比…更…
2. はさておき：姑且不提…

**8** 医者の忠告 _____、お酒を飲
んでしまいました。
1. をよそに　2. によらず

1. をよそに：不管…
2. によらず：不管…如何…

**9** けがを _____、最後まで走りぬ
いた。
1. ものともせず
2. いかんによらず

1. ものともせず：「をものともせず」
　不當…一回事
2. いかんによらず：不管…如何…

## 2 副助詞（比較・選擇・無關係・除外）總整理

- □ 1 くらいなら、ぐらいなら
- □ 2 にひきかえ
- □ 3 にもまして
- □ 4 うが…まいが、うと…まいと
- □ 5 …なり…なり
- □ 6 によらず、如何によらず
- □ 7 はさておき、はさておいて
- □ 8 をよそに
- □ 9 をものともせず（に）

## 3 文法比較 --- 副助詞（比較・選擇・無關係・除外）　T-05

### 1

**くらいなら、ぐらいなら**
「與其…不如…（比較好）」、「與其忍受…還不如…」

比較

【動詞普通形】＋くらいなら、ぐらいなら。表示與其選擇前者，不如選擇後者。

例 浮気するぐらいなら別れたほうがいい。

如果要移情別戀倒不如分手好。

**というより**
「與其說…，還不如說…」

【名詞；形容動詞詞幹；[名詞・形容詞・形容動詞・動詞]普通形】＋というより。表示在相比較的情況下，後項的說法比前項更恰當。後項是對前項的修正、補充或否定。

例 彼女は女優というより、モデルという感じですね。

與其說她是女演員，倒不如說她是模特兒。

### 2

**にひきかえ**
「和…比起來」、「相較起…」、「反而…」

比較

【名詞（な）；形容動詞詞幹な；[形容詞・動詞]普通形】（の）＋にひきかえ。比較兩個相反或差異性很大的事物。含有說話者主觀看法。

例 昨日にひきかえ、今日は朝からとんだ一日だった。

與昨天的順利相左，今天打從一大早就災厄連連。

**にもまして**
「更加地…」

【名詞】＋にもまして。表示兩個事物相比較。比起前項，後項更為嚴重，更勝一籌。

例 おしゃれをしている妻は、いつにもましてセクシーに見える。

精心打扮的妻子，比任何時候都顯得性感。

**3**

| にもまして<br>「更加地…」、「加倍的…」、<br>「比…更…」、「比…勝過…」 | 比較 | に加えて<br>「而且…」 |

【名詞】＋にもまして。表示兩個事物相比較。比起前項，後項更為嚴重，更勝一籌。

例 過去十年にもまして、今年はなだれが頻繁に発生した。

今年頻頻發生雪崩，比過去十年總和發生的次數還要多。

【名詞】＋に加えて。表示在現有前項的事物上，再加上後項類似的別的事物。

例 書道に加えて、華道も習っている。

學習書法以外，也學習插花。

**4**

| うが…まいが、うと…まいと<br>「不管是…不是…」、「不管…<br>不…」 | 比較 | かどうか<br>「是否…」 |

【動詞意向形】＋うが＋【動詞辭書形；動詞否定形（去ない）】＋まいが；【動詞意向形】＋うと＋【動詞辭書形；動詞否定形（去ない）】＋まいと。表逆接假定條件。無論前面情況如何，後面不會受前面約束，都是會成立的。

例 あなたが信じようが信じまいが、私の気持ちは変わらない。

你相信也好，不相信也罷，我的心意絕對不會改變。

【名詞；形容動詞詞幹；[形容詞・動詞]普通形】＋かどうか。表示從相反的兩種情況或事物之中選擇其一。

例 これでいいかどうか、教えてください。

請告訴我這樣是否可行。

## 5

### …なり…なり
「或是…或是」、「…也好、…也好」

比較

### …うと、…まいと
「不管…不…都」

【名詞；動詞辭書形】＋なり＋【名詞；動詞辭書形】＋なり。表示從列舉的同類或相反的事物中，選擇其中一個。

例 拭くなり、洗うなり、シートの汚れをきれいに取ってください。

不管是以擦拭的還是用刷洗的方式，總之請將座墊的髒污清除乾淨。

【動詞意向形】＋うと＋【動詞辭書形；動詞否定形（去ない）】＋まいと。表逆接假定條件。無論前面情況如何，後面不會受前面約束，都是會成立的。

例 売れようと売れまいと、いいものを作りたい。

不論賣況好不好，我就是想做好東西。

---

## 6

### によらず、如何によらず
「不管…如何」、「無論…為何」、「不按…」

比較

### にかかわらず
「不管…都…」

【名詞】＋によらず；【名詞（の）】＋如何によらず。表示該人事物和前項沒有關聯，不受前項限制。

例 わが社は学歴によらず、本人の実力で採用を決めている。

本公司並不重視學歷，而是根據應徵者的實力予以錄取。

【名詞；[形容詞・動詞]辭書形；[形容詞・動詞]否定形】＋にかかわらず。表示前項不是後項事態成立的阻礙。

例 お酒を飲む飲まないにかかわらず、一人当たり2,000円を払っていただきます。

不管有沒有喝酒，每人都要付兩千日圓。

---

## 7

### はさておき、はさておいて
「暫且不說…」、「姑且不提…」

比較

### にもまして
「比…更…」

【名詞】＋はさておき、はさておいて。表示現在先不考慮前項，而先談論後項。

例 仕事の話はさておいて、さあさあ、先ず一杯。

別談那些公事了，來吧來吧，先乾一杯再說！

【名詞】＋にもまして。表示兩個事物相比較。比起前項，後項更為嚴重、更勝一籌。

例 高校3年生になってから、彼は以前にもまして真面目に勉強している。

上了高三，他比以往更加用功。

### をよそに
「不管…」、「無視…」

比較

### によらず
「不管…如何」

【名詞】＋をよそに。表示無視前面的狀況，進行後項的行為。

例 親の反対をよそに、二人は結婚した。

他們兩人不顧父母的反對而逕自結婚了。

【名詞】＋によらず。表示後面行為，不受前面條件限制。前面的狀況，都跟後面的決心或觀點等無關。

例 アメリカで生まれた子供は、親の国籍によらずアメリカの国籍を取得できる。

在美國出生的孩子就可以取得美國國籍，而不管其父母的國籍為何。

### をものともせず（に）
「不當…一回事」、「把…不放在眼裡」、「不顧…」

比較

### 如何によらず
「不管…如何」

【名詞】＋をものともせず（に）。表示面對嚴峻的條件，仍毫不畏懼地做後項。後項多接改變現況、解決問題的句子。

例 党内の分裂をものともせず、選挙で圧勝した。

居然不受黨內派系分裂的影響，仍能獲得壓倒性的勝選。

【名詞（の）】＋如何によらず。表示後面行為，不受前面條件限制。前面的狀況，都跟後面的決心或觀點等無關。

例 理由のいかんによらず、ミスはミスだ。

不管有什麼理由，錯就是錯。

**問題1　（　　）に入るのに最もよいものを、1・2・3・4から一つ選びなさい。**

1　同じ議員でも、タレント出身のＡ氏の人気（　　　　）、元銀行員のＢ氏の知名度はゼロに等しい。

　　1　ならでは　　　　　　　　　　2　にもまして

　　3　にして　　　　　　　　　　　4　にひきかえ

2　事情（　　　　）、遅刻は遅刻だ。

　　1　のいかんによらず　　　　　　2　ならいざ知らず

　　3　ともなると　　　　　　　　　4　のことだから

3　隊員たちは、危険を（　　　　）、行方不明者の捜索にあたった。

　　1　抜きにして　　　　　　　　　2　ものともせず

　　3　問わず　　　　　　　　　　　4　よそに

4　この契約書にサイン（　　　　）君の自由だが、決して悪い話ではないと思うよ。

　　1　しようがしないが　　　　　　2　すまいがするが

　　3　しようがしまいが　　　　　　4　するがするまいが

5　彼に連絡がついたら、私の勤務先（　　　）自宅（　　　）に、すぐに連絡を入れるように伝えてください。

　　1　といい、といい　　　　　　　2　というか、というか

　　3　だの、だの　　　　　　　　　4　なり、なり

**問題2　つぎの文の＿★＿に入る最もよいものを、1・2・3・4から一つ選びなさい。**

6　お金を貸すことは＿＿＿＿　＿＿＿＿　＿★＿　＿＿＿＿できますよ 。

　　1　までも　　　　2　くらいなら　　　3　できない　　　4　アルバイトの紹介

# 5 翻譯與解題

**問題1 （　　）に入るのに最もよいものを、1・2・3・4から一つ選びなさい。**

**問題1 請從 1・2・3・4 之中選出一個最適合填入（　　）的答案。**

**1**　　　　　　　　　　　　　　　　　　　　　　　　　　　Answer ❹

同じ議員でも、タレント出身のA氏の人気（　　　　）、元銀行員のB氏の知名度はゼロに等しい。

1　ならでは　　　　　2　にもまして　　　3　にして　　　　4　にひきかえ

即使同樣是議員，B議員的知名度幾乎等於零，（與）藝人出身的A議員（有著天壤之別）。
1 非～莫屬　　　　2 勝過～　　　　　3 到了～階段，才～　4 與～有著天壤之別

A氏とB氏を比較している。「（名詞、普通形＋の）にひきかえ」は、〜とは大きく違って、という意味。例、
・黒字続きのA社にひきかえ、B社は倒産寸前だ。
「知名度」は世間に名前を知られている度合いのこと。
他の選択肢の文型もチェック：
1「（名詞）ならでは」は、〜だけができる、と評価する言い方。例、
・このジャムは、自家製ならではのおいしさですね。
2「（名詞）にもまして」は、〜も…だがそれ以上に、という意味。例、
・今年は去年にもまして寒さが厳しい。
3「（名詞）にして」は、〜という高い程度だから、また、〜という高い程度なのに、という意味。例、
・和菓子職人は10年目にしてはじめて一人前だと言われるそうだ。

本題是在比較A氏和B氏。「（名詞、普通形＋の）にひきかえ／與～有著天壤之別」是 "和～有很大的不同" 的意思。例句：
・相較於營收連續正成長的A公司，B公司卻即將倒閉。
「知名度」是指名聲被社會大眾所聞知的程度。
檢查其他選項的文法：
選項1「（名詞）ならでは／非～莫屬」是 "只有～可以達到" 的意思，是用於表達評價的說法。例句：
・這罐果醬具有自家製造的獨特美味！
選項2「（名詞）にもまして／勝過」是 "雖然～也很…，但比起這個，另一個更～" 的意思。例句：
・今年比去年還要冷多了。
選項3「（名詞）にして／到了～階段，才～」是 "因為是～這麼高的程度" 或是 "明明是～這麼高的程度" 的意思。例句：
・據說日式傳統甜點師必須工作滿十年才稱得上足以獨當一面。

事情（　　　）、遅刻は遅刻だ。

1　のいかんによらず

2　ならいざ知らず

3　ともなると

4　のことだから

| （不管）有任何理由，遲到就是遲到！ | |
| --- | --- |
| 1 不管〜 | 2 如果是〜的話就不得而知了 |
| 3 一旦成為 | 4 畢竟是 |

「いかん」は、どのようになるか、どのようであるか、という意味。「（名詞）のいかんによらず」は、〜に関係なく、という意味。硬い言い方。例、

・大会終了後は結果のいかんによらず、観客から選手全員に拍手が送られた。

他の選択肢の文型もチェック：

2「（名詞、普通形）ならいざしらず」は、〜ならそうかもしれないが、でも本当は違うのだから、と言いたいとき。例、

・子どもならいざ知らず、君はもう立派な大人なんだから、自分のことは自分でしなさい。

3「（名詞）ともなると」は、〜くらい立場や程度が高くなると、という意味。例、

・やはり社長ともなると、乗っている車も高級なんですね。

4「（名詞）のことだから」は、〜の性格やいつもの行動から考えると、と言いたいとき。例、

・真面目な木村さんのことだから、熱があっても会社に来るんじゃないかな。

「いかん／不管」是 “不管怎樣、無論如何” 的意思。「（名詞）のいかんによらず／無論」是 “無關〜” 的意思。是生硬的說法。例句：

・不管結果如何，賽事結束之後，觀眾一起為全體運動員送上了熱烈的掌聲。

檢查其他選項的文法：

選項2「（名詞、普通形）ならいざしらず／（關於）我不得而知〜」用在想表達 “如果〜的話也許是這樣，但事實並非如此” 時。例句：

・小孩也就罷了，你已經是個成年的大人了，自己的事情自己做！

選項3「（名詞）ともなると／一旦成為」是 “如果到了〜的地位或程度” 的意思。例句：

・當上總經理之後，果然連乘坐的轎車也相當豪華呢！

選項4「（名詞）のことだから／畢竟是」用在想表達 “從〜的性格和平常的舉動來看的話” 時。例句：

・做事那麼認真的木村先生，就算發燒，大概也會來上班吧！

**3**

隊員たちは、危険を（　　　　）、行方不明者の捜索にあたった。
1　抜きにして　　　2　ものともせず　　3　問わず　　　　4　よそに

隊員們（絲毫不顧）自身的危險，奮力搜尋失蹤者的下落。
1 撇除　　　　　　　2 絲毫不顧　　　　3 不分　　　　　4 無關

「（名詞）をものともせず」は、困難などを問題にしないで乗り越える様子を表す。例、

・中村選手は、足のけがをものともせず、ボールを追いかけた。

他の選択肢の文型もチェック：

1 「（名詞）を抜きにしては」で、〜がなければ、という意味。例、

・吉田君の頑張りを抜きにしては、文化祭の成功はなかっただろう。

3 「（名詞）を問わず」は、〜かどうかは関係なく、どれも同じだと言いたいとき。例、

・テニスは、年齢を問わず、何歳になっても楽しめるスポーツです。

4 「（名詞）をよそに」は、〜を気にしないで、という意味。例、

・住民の反対運動をよそに、ごみ処理場の建設計画が進められている。

「（名詞）をものともせず／絲毫不顧」表達 "不把困難當作問題、克服困難" 的樣子。例句：

・中村運動員當時不顧自己腳部的傷勢，仍然拚命追著球跑。

檢查其他選項的文法：

選項1「（名詞）を抜きにしては／沒有〜就（不能）」是 "如果沒有〜的話" 的意思。例句：

・假如沒有吉田同學的努力，這次的文化成果發表會想必無法順利完成。

選項3「（名詞）を問わず／不分」用於想表達 "不管是否〜，哪個都一樣" 時。例句：

・網球是一項不分年齡的運動，不管幾歲的人都可以樂在其中。

選項4「（名詞）をよそに／無關」是 "不在意〜" 的意思。例句：

・垃圾處理場的建蓋計畫不顧當地居民的群起反對，依然持續進行。

この契約書にサイン（　　　）君の自由だが、決して悪い話ではないと思うよ。

1　しようがしないが

2　すまいがするが

3　しようがしまいが

4　するがするまいが

（要不要）在這份契約上簽名當然全由你自己決定，但我認為這項簽約內容對你絕對沒有壞處喔。

1 X　　　　2 X　　　　3 要不要　　　　4 X

---

「（動詞意向形）（よ）うが、（動詞辞書形）まいが」は、〜しても〜しなくても、どちらでも同じ、どちらでも関係ない、と言いたいとき。例、

・あなたが信じようが信じるまいが、彼女は二度と戻ってきませんよ。

※ 選択肢３の「…しまいが」の「し」は「します」のます形の語幹。動詞Ⅱ・Ⅲグループに「まい」がつくとき、辞書形、ます形のどちらの形でもよい。上の例は「信じるまい」「信じまい」のどちらもよい。

尚、動詞「する」については、「するまい」、「しまい」に加えて、例外で「すまい」の形もある。

※「〜（よ）うが、〜まいが」は、「〜（よ）うと、〜まいと」と同じ。

他の選択肢の文型もチェック：

１、２、４の言い方はない。

「（動詞意向形）（よ）うが、（動詞辞書形）まいが／不管是…不是…」用在想表達無論做不做都一樣、哪個都沒關係時。

例句：

・你相信也好，不相信也罷，總之她再也不會回來了。

※ 選項３「…しまいが」的「し」是「します」的ます形的語幹，當「まい」接在一段活用動詞和變格活用動詞後面時，動詞用辭書形或ます形都可以。如上例，「信じるまい」和「信じまい」都正確。

另外，接在動詞「する」之後的用法，除了「するまい」和「しまい」之外，還有「すまい」這種例外的形式。

※「〜（よ）うが、〜まいが／不管是…不是…」和「〜（よ）うと、〜まいと／不管是…不是…」意思相同。

檢查其他選項的文法：

沒有選項１、２、４的說法。

**5**

彼に連絡がついたら、私の勤務先（　　　）自宅（　　　）に、すぐに連絡を入れるように伝えてください。

1　といい、といい

2　というか、というか

3　だの、だの

4　なり、なり

如果他打電話來，請轉告他立刻和我聯繫，看是要改撥我公司電話（也可以）還是我家電話（也可以）。

1無論～也好～　　　2該說是～還是～　　　3～啦～啦　　　4也可以～也可以～

「（名詞、動詞辞書形）なり、（名詞、動詞辞書形）なり」は、～でもいいし、～でもいいから、という意味。後には、意向や働きかけの文が来る。例、

・携帯を忘れたなら、誰かに借りるなり、公衆電話を探すなり、何か方法があったでしょ。

「（名詞＋助詞）なり」の形もある。例、

・心配なことは、先生になり、先輩になり相談して、一人で悩まないように。

他の選択肢の文型もチェック：

1「（名詞）といい、（名詞）といい」は、～を見ても、～を見ても同じように…だ、と言いたいとき。何かを評価するときの言い方。例、

・この絵は、色使いといい、構図といい、完璧だ。

2「（普通形）というか、（普通形）というか」は、～という言い方もできるし、また、～という言い方もできる、と言いたいとき。例、

「（名詞、動詞辞書形）なり、（名詞、動詞辞書形）なり／也可以～也可以～」是 "～也好，～也好" 的意思。後面接表達意志或動作的句子。例句：

・萬一忘了帶手機，看是要向人借也好，還是找公用電話也好，總有辦法可以解決吧？

也可以寫成「（名詞＋助詞）なり／也可以～也可以～」的形式。例句：

・如果有擔心的事，可以找老師或是找學長姊商量，不要自己一個人煩惱。

檢查其他選項的文法：

選項1「（名詞）といい、（名詞）といい／無論～也好～」用在想表達 "從～角度看也好，從～角度看也好，都一樣…" 的時候。是評論某事時的說法。例句：

・這幅圖的配色也好、構圖也好，一切無懈可擊！

選項2「（普通形）というか、（普通形）というか／該說是～還是～」用在想表達 "要說～也可以，或是要說～也可以" 的時候。例句：

・佐々木さんは、萌るいというか、うるさいというか、とにかく元気な人ですよ。

3「（名詞、普通形）だの、（名詞、普通形）だの」は、困った、嫌だ、という気持ちから、例をあげて言う言い方。例、

・部屋には、汚れたお皿だの、脱いだシャツだのが、床一面に散らかっていた。

・不知道該形容佐佐木小姐是開朗呢還是囉唆呢，總之是個活力充沛的人喔！

選項3「（名詞、普通形）だの、（名詞、普通形）だの／～啦～啦」用在含有困擾、討厭的心情下進行舉例的說法。例句：

・房間裡有髒盤子啦、換下來的襯衫啦，東西丟得滿地都是。

問題2　つぎの文の　＿★＿　に入る最もよいものを、１・２・３・４から一つ選びなさい。

問題2　下文的＿★＿中該填入哪個選項，請從１・２・３・４之中選出一個最適合的答案。

**6**　　　　　　　　　　　　　　　　　　　　　　　　　Answer **4**

お金を貸すことは＿＿＿＿＿　＿＿＿＿＿　＿★＿　＿＿＿＿＿できますよ。

1 までも　　　　2 くらいなら　　　3 できない　　　4 アルバイトの紹介

就算沒辦法借錢給你，至少可以幫忙介紹兼差工作喔！

1 就算　　　　2 至少可以　　　3 沒辦法　　　4 幫忙介紹兼差工作

お金を貸すことは　3できない　1までも　4アルバイトの紹介　2くらいなら　できますよ。

文末が「できますよ」で、選択肢に「できない」があることに注目する。「お金を貸すこと」と4が対になっている。「～までも」は、～まではできなくても、という意味。

文型をチェック：

「（動詞ない形）までも」は、～という程度まではいかないが、その少し下の程度には達する、という意味。問題文は、程度の高い「お金を貸すこと」はできないが、程度の低い「アルバイトの紹介」ならできる、と言っている。

1就算　3沒辦法　借錢給你，2至少可以　4幫忙介紹兼差工作　喔！

因為句尾有「できますよ／可以喔」，所以注意到選項裡的「できない／沒辦法」。「お金を貸すこと／借錢給你」與選項4是成對的。「～までも／至少」是"雖然無法做到～"的意思。

檢查文法：

「（動詞ない形）までも／至少」是"雖然無法達到～的程度，但能達到稍低一點的程度"的意思。題目的意思是雖然無法做到程度高的「お金を貸すこと／借錢給你」，但如果是程度低的「アルバイトの紹介／介紹兼差工作」就能做到。

# Memo

# 第二部
## 助詞文型（二）

## **1** 文法闖關大挑戰

文法知多少？請完成以下題目，從選項
中，選出正確答案，並完成句子。
　　　　　　　《答案詳見右下角。》

**1** 寒さ厳しき _____ から、お風
邪など召しませぬよう、お気を
付け下さい。
1. 折　2. 際

1. 折：…的時候
2. 際：趁…的時後

**2** 寝 _____ 起こされると、もう
眠れません。
1. がけに　2. ぎわに

1. がけに：臨…時…
2. ぎわに：迫近…

**3** ここ1年 _____ 、転職や大病な
どいろいろなことがありました。
1. というもの　2. ということ

1. というもの：「ここ…というもの」整
整…
2. ということ：表示內容。

**4** 息子は働き始め _____ 、ずい
ぶんしっかりしてきました。
1. てからでないと
2. てからというもの

1. てからでないと：如果不…就不能…
2. てからというもの：自從…以來

**5** 就寝する _____ には、あまり
食べない方がいいですよ。
1. 間際　2. に際して

1. 間際：「間際に」迫近…
2. に際して：在…之際

**6** 大学の合格発表を明日に
_____ 、緊張で食事もろくにの
どを通りません。
1. 当たって　2. 控えて

1. 当たって：「を…に当たって」在…的
時候
2. 控えて：「を…に控えて」靠近…

答案：(1)1 (2)2 (3)1 (4)2 (5)1 (6)2

## **2** 接續助詞（時間）總整理

□ 1 折、折から 　　　　　　　□ 4 てからというもの（は）
□ 2 ぎわに、ぎわのN　　　　　 □ 5 間際に、間際のN
□ 3 この…というものだ、ここ…とい　□ 6 を…に控えて
　　うものだ

## **3** 文法比較 --- 接續助詞（時間）　　(T-06)

### **1**

| **折、折から**<br>「…的時候」、「正值…之際」 | 比較 | **際**<br>「當…之際」 |

【名詞；動詞辭書形；動詞た形】＋折
（に／には）、折から。表示機會、時
機的意思，説法較為鄭重、客氣。

例 残暑厳しき折から、皆様にお
かれましてはいかがお過ごし
でしょうか。

時序進入溽暑，敬祝各位健康愉
快。

【名詞の；動詞普通形】＋際。表示
動作、行為進行的時候。

例 仕事の際には、コミュニケー
ションを大切にしよう。

在工作時，要著重視溝通。

### **2**

| **ぎわに、ぎわのN**<br>「臨到…」、「在即…」、「迫<br>近…」 | 比較 | **がけ（に／で）**<br>「冒著」、「抱著」、「拼了」 |

【動詞ます形】＋ぎわに、ぎわの＋
【名詞】。表示事物臨近某狀態，或正
當要做什麼的時候。

例 白鳥は、死にぎわに美しい声
で鳴くといわれています。

據説天鵝瀕死之際會發出淒美的聲
音。

【動詞ます形】＋がけ（に／で）。
抱著失去所有重要事物的覺悟而採取
行動。

例 彼は命がけで彼女を救おうと
した。

他試圖冒著生命危險救她。

## 3

### この…というものだ、ここ…というものだ
「整整…」、「整個…來」

比較

### ということだ
「據說…」

この＋【期間、時間】＋というものだ；ここ＋【期間、時間】＋というものだ。表示時間很長。説話人對前接的時間，帶有感情地表示很長。

【簡體句】＋ということだ。表示傳聞。從某特定的人或外界獲取的傳聞。

例 ここ数週間というもの、休日はひたすら仕事に追われていました。

最近連續幾星期的假日都在加班工作。

例 課長は、日帰りで出張に行ってきたということだ。

聽説課長出差，當天就回來。

## 4

### てからというもの（は）
「自從…以後一直」、「自從…以來」

比較

### てからでないと
「如果不…就不能…」

【動詞て形】＋からというもの（は）。表示以前項事件為契機，從此有了很大的變化。含説話者內心的感受。

【動詞て形】＋からでないと。表示如果不先做前項，就不能做後項。

例 結婚してからというもの、ずっと家計を家内に任せている。

自從結婚以後，就將家裡的收支全交給妻子管理。

例 準備体操をしてからでないと、プールに入ってはいけません。

不先做暖身運動，就不能進游泳池。

## 間際に、間際のN
「迫近…」、「…在即」

比較

## に際して
「在…之際」

【動詞辭書形】＋間際に、間際の＋【名詞】。表示事物臨近某狀態，或正當要做什麼的時候。

例 後ろに問題が続いていることに気づかず、試験終了間際に気づいて慌ててしまいました。

沒有發現考卷背後還有題目，直到接近考試時間即將截止時才赫然察覺，頓時驚慌失措了。

【名詞；動詞辭書形】＋に際して。表示以某事為契機，也就是動作的時間或場合。

例 チームに入るに際して、自己紹介をしてください。

入隊時請先自我介紹。

## を…に控えて
「臨進…」、「靠近…」、「面臨…」

比較

## を…に当たって
「在…的時候」

【名詞】＋を＋【時間；場所】＋に控えて。表示時間上已經迫近，或空間上很靠近的意思。

例 結婚式を明日に控えているため、大忙しだった。

明天即將舉行結婚典禮，所以忙得團團轉。

【名詞；動詞辭書形】＋に当たって。表示某一行動，已經到了事情重要的階段。

例 このおめでたい時にあたって、一言お祝いを言いたい。

在這可喜可賀的時候，我想說幾句祝福的話。

**問題 1** 次の文章を読んで、文章全体の内容を考えて、　1　から　5　の中に入る最もよいものを、1・2・3・4の中から一つ選びなさい。

日本の敬語

　人に物を差し上げるとき、日本人は、「ほんの　1-a　物ですが、おひとつ。」などと言う。これに対して外国人は「とても　1-b　物ですので、どうぞ。」と言うそうだ。そんな外国人にとって、日本人のこの言葉はとても不思議で　2　という。なぜ、「つまらない物」を人にあげるのかと、不思議に思うらしいのだ。

　なぜこのような違いがあるのだろうか。

　日本人は、相手の心を考えて話すからであると思われる。どんなに立派な物でも、「とても立派なものです。」「高価なものです。」と言われれば、　3　いる気がして、いい気持ちはしない。そんな嫌な気持ちにさせないために、自分の物を低めて「つまらない物」「ほんの少し」などと言うのだ。いわば、謙譲語<sup>(注1)</sup>の一つである。

　謙譲語の精神は、自分の側を謙遜して言うことによって、相手をいい気持ちにさせるということである。例えば、自分の息子のことを「愚息」というのも　4　である。人の心というのは不思議なもので、「私の優秀な息子です。」と紹介されれば自慢されているようで反発を感じるし、逆に「愚息です。」と言われると、なんとなく安心する気持ちになるのだ。

　尊敬語<sup>(注2)</sup>は、　5-a　だけでなく　5-b　にもあると聞く。何かしてほしいと頼んだりするとき、命令するような言い方ではなく、へりくだった態度で丁寧に頼む言い方であるが、それは日本語の謙譲語とは異なる。「立派な物」「高価な物」と言って贈り物をする彼らのことだから、多分謙譲語というものはないのではなかろうか。

（注1）謙譲語：敬語の一種で、自分をへりくだって控えめに言う言葉。
（注2）尊敬語：敬語の一種で、相手を高めて尊敬の気持ちを表す言い方。

**1**

1　a　おいしい ／ b　つまらない

2　a　つまらない ／ b　おいしい

3　a　おいしくない ／ b　おいしい

4　a　差し上げる ／ b　いただく

**2**

1　理解しがたい　　　　2　理解できる

3　理解したい　　　　　4　よくわかる

**3**

1　馬鹿にされて　　　　2　追いかけられて

3　困って　　　　　　　4　威張られて

**4**

1　いる　　　　　　　　2　あれ

3　それ　　　　　　　　4　一種で

**5**

1　a　外国語 ／ b　日本語　　　2　a　日本語 ／ b　外国語

3　a　敬語 ／ b　謙譲語　　　　4　a　それ ／ b　これ

**問題1** 次の文章を読んで、文章全体の内容を考えて、 1 から 5 の中に入る最もよいものを、1・2・3・4の中から一つ選びなさい。

**問題1** 請於閱讀下述文章之後，就整體文章的內容作答第 1 至 5 題，並從1・2・3・4選項中選出一個最適合的答案。

---

### 日本の敬語

人に物を差し上げるとき、日本人は、「ほんの 1-a 物ですが、おひとつ。」などと言う。これに対して外国人は「とても 1-b 物ですので、どうぞ。」と言うそうだ。そんな外国人にとって、日本人のこの言葉はとても不思議で 2 という。なぜ、「つまらない物」を人にあげるのかと、不思議に思うらしいのだ。

なぜこのような違いがあるのだろうか。

日本人は、相手の心を考えて話すからであると思われる。どんなに立派な物でも、「とても立派なものです。」「高価なものです。」と言われれば、 3 いる気がして、いい気持ちはしない。そんな嫌な気持ちにさせないために、自分の物を低めて「つまらない物」「ほんの少し」などと言うのだ。いわば、謙譲語(注1)の一つである。

謙譲語の精神は、自分の側を謙遜して言うことによって、相手をいい気持ちにさせるということである。例えば、自分の息子のことを「愚息」というのも 4 である。人の心というのは不思議なもので、「私の優秀な息子です。」と紹介されれば自慢されているようで反発を感じるし、逆に「愚息です。」と言われると、なんとなく安心する気持ちになるのだ。

尊敬語(注2)は、 5-a だけでなく 5-b にもあると聞く。何かしてほしいと頼んだりするとき、命令するような言い方ではなく、へりくだった態度で丁寧に頼む言い方であるが、それは日本語の謙譲語とは異なる。「立派な物」「高価な物」と言って贈り物をする彼らのことだから、多分謙譲語というものはないのではなかろうか。

(注1) 謙譲語：敬語の一種で、自分をへりくだって控えめに言う言葉。
(注2) 尊敬語：敬語の一種で、相手を高めて尊敬の気持ちを表す言い方。

### 日本的敬語

日本人送東西給別人時會説「只是個 1-a 不值錢的東西，請笑納」；但同樣的情況下，外國人多半會説「這是非常 1-b 好吃的東西，請嚐嚐看！」看在外國人眼中，對於日本人的這種表現方式，既感到不可思議，又 2 難以理解。外國人覺得很奇怪，為什麼要把「不值錢的東西」送給其他人呢？

為何會有這樣的差異呢？

我認為那是因為，日本人説話時會考量到對方的感受。即使致贈相當貴重的禮物，如果告訴對方「這是非常貴重的禮物」、「這是昂貴的禮物」，收到禮物的人會覺得 3 被下馬威，必然心情欠佳。為了不讓對方感覺很差，於是刻意貶低自己的東西，説是「不值錢的東西」、「一點點心意而已」。也就是説，屬於謙讓語（注1）的一種。

謙讓語的精神在於，藉由自我謙虛的語言讓對方感覺開心。舉例來説，把自己的兒子説成「愚息」（小犬）也是 4 其中一種。人心十分微妙，當聽到對方介紹「這是我的優秀兒子」時，覺得對方故意炫耀因而產生反感；相反地，如果對方説的是「這是小犬」，則很自然地感到安心。

至於尊敬語（注2），不只 5-a 日語有，聽説 5-b 外國語言也有。當想拜託對方做什麼事時，不是使用命令的口吻，而是以謙卑的態度有禮貌地請託對方，這與日語中謙讓語的意涵並不相同。畢竟，他們會在送禮時直接表明那是「貴重的禮物」、「昂貴的禮物」，我想在他們的語言中，應該沒有所謂的謙讓語吧。

（注1）謙讓語：敬語的一種，自我謙虛所使用的文體。

（注2）尊敬語：敬語的一種，尊敬對方所使用的文體。

Answer ❷

| 1 | a おいしい ／ b つまらない | 2 | a つまらない ／ b おいしい |
|---|---|---|---|
| 3 | a おいしくない ／ b おいしい | 4 | a 差し上げる ／ b いただく |
| 1 | a 好吃的 ／ b 不值錢的 | 2 | a 不值錢的 ／ b 好吃的 |
| 3 | a 不好吃的 ／ b 好吃的 | 4 | a 致贈 ／ b 收下 |

外国人が、日本人は「なぜ、『つまらない物』を人にあげるのかと、不思議に思う…」とあることから、aには「つまらない」が入るとわかる。bには、これと反対の言葉「おいしい」が入る。

間違えたところをチェック！

3「おいしくない」とわかっている物を人に差し上げるのは失礼に当たる。「つまらない」は、謙遜した言い方だが、「おいしくない」は、「おいしい」を否定している言葉である。

因為文中提到外國人說日本人「なぜ、『つまらない物』を人にあげるのかと、不思議に思う…／為什麼要把『不值錢的東西』送給其他人呢？」，因此可知 a 應填入「つまらない／不值錢」。b 則要填入與此相反的詞語「おいしい／好吃」。

檢查錯誤的地方！

選項 3，明知是「おいしくない／不好吃」的食物，還送給別人是一件失禮的行為。「つまらない／不值錢」是自謙說法，但「おいしくない／不好吃」是「おいしい／好吃」的否定詞。

Answer ❶

| 1 理解しがたい | 2 理解できる | 3 理解したい | 4 よくわかる |
|---|---|---|---|
| 1 難以理解 | 2 能夠理解 | 3 想要理解 | 4 非常明白 |

外国人にとって、日本人の「つまらない物ですが」という言葉は理解するのが難しい、つまり、「理解しがたい」ということである。

對外國人而言，要理解日本人「つまらない物ですが／只是個不值錢的東西」這樣的說法是很困難的。也就是「理解しがたい／難以理解」。

## 3

Answer  ④

| 1 馬鹿<sup>ばか</sup>にされて | 2 追<sup>お</sup>いかけられて | 3 困<sup>こま</sup>って | 4 威張<sup>いば</sup>られて |
|---|---|---|---|
| 1 被輕視了 | 2 被追趕了 | 3 感到煩惱 | 4 被下馬威 |

人<sup>ひと</sup>から物<sup>もの</sup>をいただくとき、「立派<sup>りっぱ</sup>なもの」とか「高価<sup>こうか</sup>なもの」などと言<sup>い</sup>われると、相手<sup>あいて</sup>に威張<sup>いば</sup>られている気<sup>き</sup>がして、いい気持<sup>きも</sup>ちはしないというのである。

從他人那裡收到禮物時，如果對方說這是「立派なもの／貴重的禮物」或「高価なもの／昂貴的禮物」之類，會覺得對方自以為是，因而有負面的感受。

## 4

Answer ③

| 1 いる | 2 あれ | 3 それ | 4 一種<sup>いっしゅ</sup>で |
|---|---|---|---|
| 1 有 | 2 那個 | 3 其中一種 | 4 是同一種 |

すぐ前<sup>まえ</sup>の文<sup>ぶん</sup>で、謙譲語<sup>けんじょうご</sup>について「自分<sup>じぶん</sup>の側を謙遜<sup>けんそん</sup>して言うことによって、相手<sup>あいて</sup>をいい気持<sup>きも</sup>ちにさせる／」と説明<sup>せつめい</sup>され、その例<sup>れい</sup>として「愚息<sup>ぐそく</sup>」という言葉<sup>ことば</sup>を挙<sup>あ</sup>げている。つまり、「愚息<sup>ぐそく</sup>」というのも、前<sup>まえ</sup>に述<sup>の</sup>べた「それ」つまり、「謙譲語<sup>けんじょうご</sup>」である、という文脈<sup>ぶんみゃく</sup>。

前文針對謙讓語進行了說明「自分の側を謙遜して言うことによって、相手をいい気持ちにさせる／藉由自我謙虛的語言讓對方感覺開心」，並舉出「愚息／小犬」這個詞語作為例子，也就是說「愚息／小犬」就是前文提到的「謙譲語／謙讓語」，因此，根據文章脈絡，應填入「それ／其中一種」。

## 5

Answer ②

| 1 a 外国語<sup>がいこくご</sup> ／ b 日本語<sup>にほんご</sup> | 2 a 日本語<sup>にほんご</sup> ／ b 外国語<sup>がいこくご</sup> |
|---|---|
| 3 a 敬語<sup>けいご</sup> ／ b 謙譲語<sup>けんじょうご</sup> | 4 a それ ／ b これ |
| 1 a 外國語言 ／ b 日語 | 2 a 日語 ／ b 外國語言 |
| 3 a 敬語 ／ b 謙讓語 | 4 a 那個 ／ b 這個 |

「～だけでなく、～にもあると聞<sup>き</sup>く」とは、「～にあるということはわかっているが、～にもあるそうだ」という意味<sup>いみ</sup>。尊敬語<sup>そんけいご</sup>が日本語<sup>にほんご</sup>にあるということはわかっているので、aには「日本語<sup>にほんご</sup>」が、bには「外国語<sup>がいこくご</sup>」が入<sup>はい</sup>る。

「～だけでなく、～にもあると聞く／不只～，聽說～也有」是「～にあるということはわかっているが、～にもあるそうだ／雖然知道～有，不過～也有」的意思。因為知道日語有尊敬語，所以 a 應填入「日本語／日語」，b 應填入「外国語／外國語言」。

# Memo

## 1 文法闖關大挑戰

文法知多少？請完成以下題目，從選項中，選出正確答案，並完成句子。
《答案詳見右下角。》

**2**
祖母は農業の _____、書道や華道をたしなんでいる。
1. かたがた　2. かたわら

1. かたがた：順便…
2. かたわら：一邊…一邊…

**4**
ホテルに着く _____、さっそく街にくりだした。
1. がはやいか　2. や

1. がはやいか：剛一…就…
2. や：一…馬上…

**6**
お菓子を口に入れる _____、噎せた。
1. 次第　2. なり

1. 次第：（一旦）…立刻…
2. なり：剛…立刻…

**1**
近日中に、お祝い _____ 伺いに参ります。
1. かたがた　2. 一方

1. かたがた：順便…
2. 一方：另一方面…

**3**
通勤 _____、この手紙を出してくれませんか。
1. ついでに　2. がてら

1. ついでに：順便…
2. がてら：順便…

**5**
注意する _____、転んでけがをした。
1. とたんに　2. そばから

1. とたんに：剛…就…
2. そばから：才剛…就…

**7**
大統領が姿を現す _____、大歓声が起こった。
1. や　2. そばから

1. や：一…馬上就…
2. そばから：才剛…就…

## 2 接續助詞（同時・並行）總整理

- □ 1 かたがた
- □ 2 かたわら
- □ 3 がてら
- □ 4 が早いか
- □ 5 そばから
- □ 6 なり
- □ 7 や、や否や

## 3 文法比較 --- 接續助詞（同時・並行） （T-07）

### 1

**かたがた**
「順便…」、「兼…」、「一面…一面…」、「邊…邊…」

比較

**一方（いっぽう）**
「另一方面…」

【名詞】＋かたがた。表示做一個行為，有兩個目的。進行前面主要動作時，順便做後面的動作。

例 先日（せんじつ）のお詫（わ）びかたがた、挨拶（あいさつ）に行（い）ってきます。

我要出門去為前陣子的事情致歉，並且順便拜會對方。

【動詞辭書形】＋一方。前句說明在做某件事的同時，後句為補充做另一件事。

例 景気（けいき）がよくなる一方（いっぽう）で、人々（ひとびと）のやる気（き）も出（で）てきている。

在景氣好轉的同時，人們也更有幹勁了。

### 2

**かたわら**
「一邊…一邊…」、「同時還…」

比較

**かたがた**
「順便…」

【名詞の；動詞辭書形】＋かたわら。表示做前項主要活動外，空餘時還做別的活動。前項為主後項為輔，大多互不影響。

例 耳鼻科（じびか）を開（ひら）くかたわら、福祉（ふくし）活動（かつどう）をしている。

他一面開設耳鼻科診所，一面從事慈善活動。

【名詞】＋かたがた。表示做一個行為，有兩個目的。進行前面主要動作時，順便做後面的動作。

例 帰省（きせい）かたがた、市役所（しやくしょ）に行（い）って手続（てつづ）きをする。

返鄉的同時，順便去市公所辦手續。

**3**

### がてら
「順便」、「在…同時」、「借…之便」

比較

### ながら
「一邊…一邊…」

【名詞；動詞ます形】＋がてら。表示做一個行為，有兩個目的。在做前面動作的同時，借機順便做了後面的動作。

例 子供の登校を見送りがてら、お隣へ回覧板を届けてきます。

我去送小孩出門上學，順便把回覽通知送給隔壁鄰居。

【動詞ます形】＋ながら。表示做某動作的狀態或情景。為「在A的狀況之下做B」的意思。

例 音楽を聞きながらご飯を作りました。

一面聽音樂一面做了飯。

**4**

### が早いか
「剛一…就…」

比較

### とたん（に）
「剛…就…」

【動詞辭書形】＋が早いか。剛一發生前面情況，就馬上出現後面的動作。前後兩動作連接十分緊密。

例 横になるが早いか、いびきをかきはじめた。

一躺下來就立刻鼾聲大作。

【動詞た形】＋とたん（に）。表示前項動作和變化完成的一瞬間，發生了後項的動作和變化。

例 二人は、出会ったとたんに恋に落ちた。

兩人一見鍾情。

**5**

### そばから
「才剛…就…」、「隨…隨…」

比較

### とたん（に）
「剛…就…」

【動詞辭書形；動詞た形；動詞ている】＋そばから。表示前項剛做完，其結果或效果馬上被後項抹殺或抵銷。

例 片付けるそばから、子供が散らかしていく。

才剛收拾完就被孩子弄得亂七八糟。

【動詞た形】＋とたん（に）。表示前項動作和變化完成的一瞬間，發生了後項的動作和變化。

例 発車したとたんに、タイヤがパンクした。

才剛發車，輪胎就爆胎了。

**6**

| なり<br>「…剛…立刻…」、「一…就馬上…」 | 比較 | 次第<br>「（一旦）…立刻…」 |

【動詞辭書形】＋なり。表示前項剛一完成，後項就緊接著發生。後項動作一般是預料之外、突發性的。

例 「あっ、だれかおぼれてる」と言うなり、彼は川に飛び込んだ。

他剛大喊一聲：「啊！有人溺水了！」便立刻飛身跳進河裡。

【動詞ます形】＋次第。表示某動作剛一做完，就立即採取下一步的行動。

例 （上司に向かって）先方から電話が来次第、ご報告いたします。

（對主管説）等對方來電聯繫了，會立刻向您報告。

**7**

| や、や否や<br>「剛…就…」、「一…馬上就…」 | 比較 | そばから<br>「才剛…就…」 |

【動詞辭書形】＋や、や否や。表示前一個動作才剛做完，甚至還沒做完，就馬上引起後項的動作。

例 授業が終わるや否や、教室を飛び出した。

一上完課就衝出教室。

【動詞辭書形；動詞た形；動詞ている】＋そばから。表示前項剛做完，其結果或效果馬上被後項抹殺或抵銷。

例 新しい単語を覚えるそばから、忘れていってしまう。

新單字才剛背好就忘了。

## 問題1 （ ）に入るのに最もよいものを、1・2・3・4から一つ選びなさい。

1 彼女は、衣装に着替える（ ）、舞台へ飛び出して行った。
1 とたん
2 そばから
3 かと思うと
4 が早いか

2 この店の豆腐は、むかし（ ）の製法にこだわって作っているそうだ。
1 ながら
2 なり
3 ばかり
4 限り

3 母は詐欺被害に（ ）、電話に出ることを極端に恐れるようになってしまった。
1 遭ったといえども
2 遭ったら最後
3 遭うべく
4 遭ってからというもの

4 高校で国語の教師をする（ ）、文芸雑誌にコラムを連載している。
1 かたわら
2 そばから
3 からには
4 ともなく

## 問題2 つぎの文の ★ に入る最もよいものを、1・2・3・4から一つ選びなさい。

5 仕事を始めてから_____ _____ ★ _____日はない。
1 もっと勉強しておく
2 思わない
3 というもの
4 べきだったと

問題1　（　　）に入るのに最もよいものを、1・2・3・4から一つ選びなさい。

問題1　請從1・2・3・4之中選出一個最適合填入（　　）的答案。

---

**1** Answer **4**

彼女は、衣装に着替える（　　　　）、舞台へ飛び出して行った。

1　とたん　　　　　2　そばから　　　　3　かと思うと　　　4　が早いか

她（一）換好服裝（就）立刻衝上了舞台。

1 一～　　　　　2 剛～就～　　　　3 才剛　　　　　　4 一～就～

「（動詞辞書形／た形）が早いか」は、～するとすぐに次のことをする、と言いたいとき。例、

・彼は教室の席に座るが早いか、弁当を広げた。

他の選択肢の文型もチェック：

1、3は動詞のた形につく。「着替えたとたん」「着替えたかと思うと」なら正解。

2は、～しても～しても、すぐまた繰り返す、と言いたいとき。例、

・小さい子どもがいると、片付けるそばから、部屋が散らかっていく。

「（動詞辞書形／た形）が早いか／一～就」用在想表達“做～後馬上接著做下一件事”時。例句：

・他一進教室坐到座位上，就立刻打開便當了。

檢查其他選項的文法：

選項1和選項3前面必須接動詞た形。如果是「着替えたとたん／一換好服裝就」和「着替えたかと思うと／剛換好服裝馬上就」則正確。

選項2用在想表達“即使做了～、做了～，卻馬上又重蹈覆轍”時。例句：

・家裡只要有小孩子在，才剛收拾完就又馬上亂成一團。

---

**2** Answer **1**

この店の豆腐は、むかし（　　　　）の製法にこだわって作っているそうだ。

1　ながら　　　　　2　なり　　　　　3　ばかり　　　　4　限り

聽說這家店的豆腐始終堅持（謹遵）古法製作。

1 謹遵　　　　　2 立刻　　　　　3 總是　　　　　　4 竭盡

「（名詞、動詞ます形）ながら（の）」
は、～のままずっと、という意味。例、
・この辺りは昔ながらの古い街並み
　が残っている。
他の選択肢の文型もチェック：
2「（動詞辞書形）なり」は、～して
すぐ、次のことをする、と言いたいと
き。例、
・店長は客が帰るなり、大きなため
　息をついた。
3「ばかり」は、～だけ、という意
味。例、
・肉ばかり食べないで野菜も食べな
　さい。
4「限り」は、～の範囲は全部、とい
う意味。例、
・私にできる限りのことはします。

「（名詞、動詞ます形）ながら（の）／
謹遵」是"保持～，一直"的意思。例句：
・這一帶還保存著古老的街景。
檢查其他選項的文法：
選項2「（動詞辞書形）なり／剛～就立
刻～」用在想表達"做了～後馬上接著做
下一件事"時。例句：
・顧客才剛離開，店長就長長嘆了一口
　氣。
選項3「ばかり／總是」是"僅只～"的
意思。例句：
・不要光吃肉，也要吃蔬菜。
選項4「限り／竭盡～」是"～的範圍全
部"的意思。例句：
・我會盡自己最大的努力。

---

**3**　　　　　　　　　　　　　　　　　Answer **4**

母は詐欺被害に（　　　）、電話に出ることを極端に恐れるようになってしまった。
1　遭ったといえども　　　　　　　　2　遭ったら最後
3　遭うべく　　　　　　　　　　　　4　遭ってからというもの

（自從）家母（遭受）詐騙之後，就變得非常害怕接聽電話了。
1雖說遭到了　　　2一旦遭受之後　　　3為了遭受　　　4自從～遭受～

「（動詞て形）＋からというもの」
は、～してからずっと、という意味。
その時に起こった変化がその後もずっ
と続いていると言いたいとき。例、
・営業部に異動になってからという
　もの、夜8時より前に帰れたこと
　がない。
他の選択肢の文型もチェック：

「（動詞て形）＋からというもの／自從～
以來」是"從～後一直"的意思。用在想
表達當時發生的變化，之後也一直持續下
去的時候。例句：
・自從被調到業務部以後，再也不曾在
　晚上八點之前回到家了。
檢查其他選項的文法：

1「（名詞、普通形）といえども」は、～といっても、という意味。例、

・有名人といえども、プライバシーは尊重されるべきだ。

2「～たら最後」は、～たら必ずひどい結果になる、と言いたいとき。例、

・このお菓子は、食べ始めたら最後、一袋なくなるまでやめられないんだ。

3「（動詞辞書形）べく」は、～ようと思って、という意味。硬い言い方。例、

・新薬を開発するべく、研究を続けています。

選項1「（名詞、普通形）といえども／雖說～可是～」是"即使如此"的意思。例句：

・雖說是知名人士，仍然應該尊重他的隱私。

選項2「～たら最後／一旦～就～」用在想表達"如果～的話一定會造成可怕的後果"的時候。例句：

・這種餅乾一旦咬下第一口，就忍不住一口接一口，直到最後把一整包統統吃光了。

選項3「（動詞辞書形）べく／為了～而～」是"為了～"的意思，是較生硬的說法。例句：

・為了研發出新藥，研究仍在持續進行。

---

**4**　Answer **①**

高校で国語の教師をする（　　　　）、文芸雑誌にコラムを連載している。
1　かたわら　　　2　そばから　　　3　からには　　　4　ともなく

（一面）在高中擔任國文教師，（一面）在文藝雜誌上連載專欄文章。
1 一面～一面～　　2 剛～就～　　3 既然～就～　　4 無意中～

二つの仕事をしているという文にする。「（名詞‐の、動詞辞書形）かたわら」は、～という本業をしながら他の仕事もしているとき。例、

・会社勤めのかたわら、近所の子供に英語を教えています。

他の選択肢の文型もチェック：

2「（動詞辞書形／た形）そばから」は、～しても、すぐまた次のことが起こる、という意味。例、

要寫成能表示從事兩個工作的句子。「（名詞‐の、動詞辞書形）かたわら／一面～一面～」是"從事～這個本業的同時也從事其他工作"的意思。例句：

・一面在公司上班，一面教鄰居的小孩英文。

檢查其他選項的文法：

選項2「（動詞辞書形／た形）そばから／才剛～就～」是"即使做～，下一件事馬上又緊接著發生"的意思。例句：

・片付けるそばから次の仕事が入って、休む暇もない。

3「（普通形）からには」は、〜のだから当然、と言いたいとき。例、

・引き受けたからには、最後までやります。

4「（動詞辞書形）ともなく」は、意識しないでする様子を表す。例、

・テレビを見るともなくみていたら、妹が映っていてびっくりした。

・正在收尾的時候，下一項工作又來了，根本沒有時間休息。

選項3「（普通形）からには／既然〜就〜」用在想表達"因為〜當然就要"時。例句：

・既然接下這份任務，就會做到完成為止。

選項4「（動詞辞書形）ともなく／無意中〜」用於表示沒有意識到的樣子。例句：

・不經心地瞥了電視一眼，赫然看到妹妹出現在螢幕上，嚇了我一大跳。

5                                                                    Answer ④

仕事を始めてから＿＿＿＿＿　＿＿＿＿＿　＿★＿＿　＿＿＿＿＿日はない。

1　もっと勉強しておく　　　　　　2　思わない

3　というもの　　　　　　　　　　4　べきだったと

自從開始工作以後，我沒有一天不想著早知道應該學習更多知識才對。
1 學習更多知識才對　　　　　　　2 不想著
3X（即，進入這樣的狀態）　　　　4 早知道應該

仕事を始めてから　3というもの　1もっと勉強しておく　4べきだったと　2思わない　日はない。

「べき」の前は辞書形が来るので、1と4をつなげる。4の後に置けるのは2。「始めてから」の後に3をつなげる。「思わない日はない」は二重否定で、毎日思う、という意味。

文型をチェック：

「（動詞て形）からというもの」は、〜してからずっと同じ状態が続いている、と言いたいとき。〜て以来。例、

　・子どもが生まれてからというもの、我が家の生活は全て子ども中心だ。

自從開始工作　3X（即，進入這樣的狀態）以後，我沒有一天　2不想著（不懊悔）　4早知道應該　1學習更多知識才對。

因為「べき／應該」前面必須接辭書形，所以可以將選項1和選項4連接起來。選項4後面應填選項2。「始めてから／自從開始」後面應接選項3。「思わない日はない／沒有一天不想著」是雙重否定，是每天都這麼想的意思。

檢查文法：

「（動詞て形）からというもの／自從〜以來一直」用在想表達"從〜以來一直持續同樣的狀態"時。是"自從〜以來"的意思。例句：

　・自從孩子出生之後，我家的生活完全繞著孩子打轉。

## **1** 文法闖關大挑戰

文法知多少？請完成以下題目，從選項中，選出正確答案，並完成句子。
《答案詳見右下角。》

**1** 彼の本心を聞く _____、二人きりで話してみようと思う。
1. べく　2. ように

1. べく：為了…而…
2. ように：為了…而…，以便達到…

**2** この企画を _____、徹夜で頑張りました。
1. 通さんべく　2. 通さんがために

1. 通さんべく：「べく」為了…而…
2. 通さんがために：「んがため（に）」為了…而…

**3** あまりの寒さ _____、声が出ません。
1. ゆえに　2. べく

1. ゆえに：因為是…的關係
2. べく：為了…而…

**4** 不慣れな _____、多々失礼があるかと存じますが、どうぞ温かく見守ってください。
1. こととて　　　2. ゆえに

1. こととて：（總之）因為…
2. ゆえに：因為是…的關係

**5** 神じゃ _____、完ぺきな人なんていませんよ。
1. あるまいか　2. あるまいし

1. あるまいか：「じゃあるまいか」是不是…了
2. あるまいし：「じゃあるまいし」又不是…

**6** 大人気のお菓子 _____、開店するや、瞬く間に売り切れた。
1. とすると　2. とあって

1. とすると：假如…的話
2. とあって：由於…（的關係）

**7** 何かと忙しいのに _____、ついついトレーニングをサボってしまいました。
1. かこつけて　2. ひきかえ

1. かこつけて：「にかこつけて」以…為藉口
2. ひきかえ：「にひきかえ」和…比起來

**8** 彼女を思え _____、厳しいことを言ったのです。
1. すら　2. こそ

1. ばすら：沒有這樣的用法。
2. ばこそ：正因為…

答案：(1)1 (2)2 (3)1 (4)1 (5)2 (6)2 (7)1 (8)2

□ 1 べく
□ 2 んがため（に）
□ 3 （が）故に、（が）故の
□ 4 こととて

□ 5 ではあるまいし
□ 6 とあって
□ 7 にかこつけて
□ 8 ばこそ

**3** 文法比較 --- 接續助詞（目的・理由） **T-08**

## 1

### べく
「為了…而…」、「想要…」、「打算…」

比較

### ように
「為了…而…，以便達到…」

【動詞辭書形】＋べく。表示意志、目的。帶著某種目的，來做後項。

**例** 実情を明らかにすべく、アンケート調査を実施いたします。

我們為了追求真相而進行問卷調查。

【動詞辭書形；動詞否定形】＋ように。表示為了實現前項而做後項，是行為主體的希望。

**例** 約束を忘れないように手帳に書いた。

把約定寫在了記事本上以免忘記。

## 2

### んがため（に）
「為了…而…」、「因為要…所以…」

比較

### べく
「為了…而…」

【動詞否定形（去ない）】＋んがため（に）。表示目的。帶有無論如何都要實現某事，帶著積極的目的做某事的語意。

**例** みんなが平和に暮らさんがため、あらゆる手を尽くすつもりです。

為了能讓大家和平安穩地過日子，將不惜採取一切方法。

【動詞辭書形】＋べく。表示意志、目的。帶著某種目的，來做後項。

**例** 消費者の需要に対応すべく、生産量を増加することを決定した。

為了因應消費者的需求，而決定增加生產量。

# 3

## （が）故（ゆえ）（に）、（が）故（ゆえ）の
「因為是…的關係」、「…才有的…」

比較

## べく
「為了…而…」

【[名詞・形容動詞詞幹]（である）；[形容詞・動詞]普通形】＋（が）故（に）、（が）故の。是表示原因、理由的文言説法。

例 提出期限（ていしゅつきげん）が過（す）ぎている故（ゆえ）に、無効（むこう）です。

由於已經超過了繳交截止期限因而導致無效了。

【動詞辭書形】＋べく。表示意志、目的。帶著某種目的，來做後項。

例 借金（しゃっきん）を返（かえ）すべく、共働（ともばたら）きをしている。

夫婦兩人為了還債都出外工作。

# 4

## こととて
「（總之）因為…」

比較

## （が）故（ゆえ）（に）
「因為是…的關係」

【名詞の；形容動詞詞幹な；[形容詞・動詞]普通形】＋こととて。表示順接的理由、原因。後面表示請求原諒的內容，或消極性的結果。

例 随分昔（ずいぶんむかし）のこととて、じっくり考（かんが）えないと思（おも）いだせない。

已經是很久以前的事了，得慢慢回憶才想得起來。

【[名詞・形容動詞詞幹]（である）；[形容詞・動詞]普通形】＋（が）故（に）。是表示原因、理由的文言説法。

例 命（いのち）は、はかない（が）故（ゆえ）に貴（とうと）い。

生命無常，因此更顯得可貴。

# 5

## ではあるまいし
「又不是…」、「也並非…」

比較

## じゃあるまいか
「是不是…啊」。

【名詞；[動詞辭書形・動詞た形]わけ】＋ではあるまいし。強烈否定前項，或舉出極端的例子，説明後項的主張、判斷等。帶斥責、諷刺的語感。

例 世界（せかい）の終（お）わりじゃあるまいし、そんなに悲観（ひかん）する必要（ひつよう）はない。

又不是到了世界末日，不必那麼悲觀。

【名詞なの；[形容動詞詞幹な・形容詞]の；動詞た形の】＋じゃあるまいか。表示推測。表示説話人的推測、想像。

例 無駄（むだ）か、無駄（むだ）ではないかと考（かんが）えることが、これがむしろケチなのではあるまいか。

説浪費不浪費的，會想到這個問題根本是小氣吧。

## 6

### とあって
「由於…（的關係）」、「因為…（的關係）」

【名詞；[名詞・形容詞・形容動詞・動詞]普通形；形容動詞詞幹】＋とあって。由於前項特殊的原因，當然就會出現後項特殊的情況，或應該採取的行動。

例 桜が満開の時期とあって、街道は花見客でいっぱいだ。

正值櫻花盛開季節，街上到處都是賞花的遊客。

比較

### とすると
「假如…的話…」

【[名詞・形容動詞]た形；形容詞；動詞】＋とすると。表示對當前不可能實現的事物的假設，含有「如果前項是事實，後項就會實現」之意。

例 マンションでも一戸建てでも、家を買うとすると、さまざまな費用がかかるでしょう。

假如要買房子的話，無論是公寓還是透天厝，都需要各種不同的花費吧！

## 7

### にかこつけて
「以…為藉口」、「托故…」

【名詞】＋にかこつけて。表示為了讓自己的行為正當化，用無關的事做藉口。

例 父の病気にかこつけて、会への出席を断った。

以父親生病作為藉口拒絕出席會議了。

比較

### にひきかえ
「和…比起來」

【名詞（な）；形容動詞詞幹な；[形容詞・動詞]普通形】（の）＋にひきかえ。比較兩個相反或差異性很大的事物。含有說話者主觀看法。

例 彼の動揺振りにひきかえ、彼女は冷静そのものだ。

和慌張的他比起來，她就相當冷靜。

## 8

### ばこそ
「就是因為…」、「正因為…」

【[名詞・形容動詞詞幹]であれ；[形容詞・動詞]假定形】＋ばこそ。表示強調最根本的理由。正因這原因，才有後項結果。

例 貴社の働きがあればこそ、計画が成功したのです。

正因為得到貴公司的大力鼎助，才能使這個企劃順利完成。

比較

### すら、ですら
「就連…都」

【名詞（＋助詞）；動詞て形】＋すら、ですら。舉出極端的例子，表示連所舉的例子都這樣了，其他的就更不用提了。有導致消極結果的傾向。

例 80になる祖母ですら、携帯電話を持っている。

就連高齡八十的祖母也有手機。

**問題1　（　　）に入るのに最もよいものを、1・2・3・4から一つ選びなさい。**

1　あの時の辛い経験があればこそ、僕はここまで（　　　）。

1　来たいです　　　　　　　　2　来たかったです

3　来られたんです　　　　　　4　来られた理由です


2　この問題について、私（　　　　）考えを述べさせていただきます。

1　なりの　　　　　　　　　　2　ゆえに

3　といえば　　　　　　　　　4　といえども


3　戦争の悲惨さを後世に（　　　　）べく、体験記を出版する運びとなった。

1　伝わる　　　　　　　　　　2　伝える

3　伝えられる　　　　　　　　4　伝わらない


4　子供（　　　　）、帰れと言われてそのまま帰ってきたのか。

1　じゃあるまいし　　　　　　2　ともなると

3　いかんによらず　　　　　　4　ながらに


**問題2　つぎの文の　★　に入る最もよいものを、1・2・3・4から一つ選びなさい。**

5　＿＿＿　＿＿＿　＿★＿　＿＿＿、どの選手も緊張を隠せない様子だった。

1　とあって　　　　　　　　　2　をかけた

3　試合　　　　　　　　　　　4　オリンピック出場

問題 1 （ 　 ）に入るのに最もよいものを、1・2・3・4から一つ選びなさい。

問題 1 請從 1・2・3・4 之中選出一個最適合填入（ 　 ）的答案。

---

**1**

> あの時の辛い経験があればこそ、僕はここまで（ 　 ）。
>
> 1 来たいです　　　　　　　　　　　　　2 来たかったです
>
> 3 来られたんです　　　　　　　　　　　4 来られた理由です
>
> 正因為有那時候的辛苦經驗，我（才有辦法來到）這裡。
>
> 1 想來　　　　　　2 非常想來　　　　　　3 才有辦法來到　　　　4 能夠來的理由

「～ばこそ」は、まさに～からだ、他の理由ではないと言いたいとき。「こそ」は強調。接続は【[ 名詞、形容動詞詞幹 ] であれ；[ 形容詞・動詞 ] 假定形】＋ばこそ。例、

・あなたのことを思えばこそ、厳しいことを言うのです。

「～ばこそ／正因為」用在想表達 "正是因為～，並不是因為其他原因" 時。「こそ／正」表強調。接續方法是【[ 名詞、形容動詞詞幹 ] であれ；[ 形容詞・動詞 ] 假定形】＋ばこそ。例句：

・我是為了你著想才說重話的！

---

**2**

> この問題について、私（ 　 ）考えを述べさせていただきます。
>
> 1 なりの　　　　　2 ゆえに　　　　　3 といえば　　　　4 といえども
>
> 關於這個問題，請容（我）表達（自己的）看法。
>
> 1 我自己的　　　　2 正因為　　　　3 雖說　　　　4 儘管如此

「（名詞、普通形）なりの」は、～のできる限りの、という意味。「～」の程度は高くないが、という気持ちがある。例、

・孝君は子供なりに忙しい母親を助けていたようです。

他の選択肢の文型もチェック：

「（名詞、普通形）なりの／自己的」是 "在能做到～的範圍內" 的意思。含有「～」的程度並不高的語感。例句：

・聽說小孝雖然還是個孩子，仍然為忙碌的媽媽盡量幫忙。

檢查其他選項的文法：

2「（名詞、普通形）ゆえに」は、原因、理由を表す。硬い言い方。例、

・私の力不足ゆえにご迷惑をお掛け致しました。

3「（取り上げることば）といえば」は、聞いたことから思い出したことを話すとき。例、

・きれいな花ですね。花といえば今、バラの展覧会をやっていますね。

4「（名詞、普通形）といえども」は、〜は事実だが、でも…と言いたいとき。例、

・オリンピック選手といえども、プレッシャーに勝つことは簡単ではない。

選項2「（名詞、普通形）ゆえに／正因為」表示原因和理由。是較生硬的說法。例句：

・都怪我力有未逮，給您添了麻煩。

選項3「（承接某個話題）といえば／說起」用在表達"由於聽到了某事，從這事聯想起了另一件事"時。例句：

・這花開得好漂亮啊！對了，提到花，現在正在舉辦玫瑰花的展覽會喔！

選項4「（名詞、普通形）といえども／儘管如此」用在想表達"雖然〜是事實，但…"時。例句：

・雖說是奧運選手，想要戰勝壓力仍然不容易。

---

**3**                                                    Answer **②**

戦争の悲惨さを後世に（　　　）べく、体験記を出版する運びとなった。
1　伝わる　　　　　2　伝える　　　　　3　伝えられる　　　　4　伝わらない

為了把戰爭的慘況（告訴）後代子孫，於是決定出版其親身體驗談。【亦即，為了讓後代子孫明白戰爭的慘況】
1 流傳　　　　　2 告訴　　　　　3 被傳達　　　　　4 無法傳達

「（動詞辞書形）べく」は、〜するために、〜することができるように、という意味。硬い言い方。意味から考えて、2の他動詞形を選ぶ。
他の選択肢の文型もチェック：
1は自動詞で、「〜する」という意味にならない。
3、4は辞書形ではないので間違い。

「（動詞辞書形）べく／為了」是"為了做〜、為了能做到〜"的意思。是較生硬的說法。從文意考量，要選他動詞的選項2。

檢查其他選項的文法：

選項1是自動詞，因此不會有「〜する／做〜」的意思。

選項3或選項4不是辭書形，所以不正確。

子供（　　　）、帰れと言われてそのまま帰ってきたのか。

1　じゃあるまいし　2　ともなると　　　3　いかんによらず　4　ながらに

（又不是）小孩子，人家叫你回去，你就真的回來了嗎？
1 又不是　　　　　　2 要是　　　　　　3 不管　　　　　　4〜一樣

「そのまま帰ってきた」ことを非難しているので、「あなたは子供ではないのに」という意味になる選択肢を選ぶ。「（名詞）では（じゃ）あるまいし」は、〜ではないのだから、という意味。
他の選択肢の文型もチェック：
2「（名詞）ともなると」は、〜くらい立場や程度が高いと、と言いたいとき。例、
・大学も4年目ともなると、授業のサボり方もうまくなるね。
3「（名詞）いかんによらず」は、〜に関係なく、という意味。例、
・レポートは内容のいかんによらず、提出すれば単位がもらえます。
4「（名詞）ながらに」は、〜のまま、という意味。例、
・その男は事件の経緯を涙ながらに語った。

因為是責備「そのまま帰ってきた／就這樣回來了」，所以要選擇「あなたは子供ではないのに／你明明不是小孩子了」意思的選項。「（名詞）では（じゃ）あるまいし／又不是〜」是"因為不是〜"的意思。
檢查其他選項的文法：
選項2「（名詞）ともなると／要是〜那就〜」用在想表達"到了〜某較高的立場或程度"時。例句：
・大學都已經上了四年，蹺課的方法也越來越純熟囉。
選項3「（名詞）いかんによらず／不管」是"和〜無關"的意思。例句：
・不論報告內容的優劣程度，只要繳交，就能拿到學分。
選項4「（名詞）ながらに／〜狀（的）」是"〜狀（做某動作的狀態）"的意思。例句：
・那個男人流著淚訴說了整起事件的來龍去脈。

**問題2** つぎの文の＿＿＿★＿＿に入る最もよいものを、1・2・3・4から一つ選びなさい。

**問題2** 下文的＿＿★＿＿中該填入哪個選項，請從1・2・3・4之中選出一個最適合的答案。

5 　　　　　　　　　　　　　　　　　　Answer ❸

＿＿＿ ＿＿＿ ＿★＿ ＿＿＿ 、どの選手も緊張を隠せない様子だった 。
1　とあって　　　2　をかけた　　　3　試合　　　4　オリンピック出場

畢竟是事關能否參加奧運的資格賽，每一位選手當時都難掩緊張的神情。
1 畢竟是　　　2 事關　　　3 資格賽　　　4 參加奧運

4オリンピック出場　2をかけた　3試合　1とあって、どの選手も緊張を隠せない様子だった。

「、」の前に置けるのは1。1の前に名詞の3を置く。4と2は3を説明している。

文型をチェック：
「（名詞、普通形）とあって」は、～という特別な状況なので、と言いたいとき。例、
・3年ぶりの大雪とあって、都内の交通は麻痺状態です。

1畢竟是 2事關 能否 4參加奧運 的 3資格賽，每一位選手當時都難掩緊張的神情。

「、」的前面應填選項1。選項1的前面應接名詞的選項3。選項4和選項2用於說明選項3。

檢查文法：
「（名詞、普通形）とあって／由於～（的關係）」用在想表達“因為是～這樣特別的情況”時。例句：
・由於是三年來罕見的大雪，市中心的交通呈現癱瘓狀態。

# 04 接續助詞（逆接）

## **1** 文法闖關大挑戰

文法知多少？請完成以下題目，從選項中，選出正確答案，並完成句子。
《答案詳見右下角。》

**1** いくら夫婦 ＿＿＿＿＿＿、最低のマナーは守るべきでしょう。
1. といえども　2. としたら

1. といえども：即使…也…
2. としたら：要是…那就…

**2** 暖かい ＿＿＿＿＿＿、ジャケットが要らないというほどではないね。
1. とはいえ　2. ともなると

1. とはいえ：雖然…但是…
2. ともなると：要是…那就…

**3** あまり帰省し ＿＿＿＿＿＿、よく電話はしていますよ。
1. までもなく　2. ないまでも

1. までもなく：用不著…
2. ないまでも：沒有…至少也…

**4** 申し訳ないと思い ＿＿＿＿＿＿、彼女にお願いするしかない。
1. つつも　2. ながらも

1. つつも：儘管…
2. ながらも：雖然…、但是…

**5** 子供 ＿＿＿＿＿＿、大の大人までが夢中になるなんてね。
1. ならいざ知らず
2. ならでは

1. ならいざ知らず：姑且不論…
2. ならでは：正因為…才…

**6** 年配の人 _____ 、若い人まで骨粗鬆症になるなんて、怖いね。
1. ともなると　2. ならまだしも

1. ともなると：要是…那就…
2. ならまだしも：若是…還説得過去

**7** この椅子は座り心地 _____ 、デザインも最高です。
1. ならいざ知らず
2. もさることながら

1. ならいざ知らず：（關於…）我不得而知
2. もさることながら：不用説…更是…

**8** もっと早くから始めればよかった _____ 、だらだらしているから、間に合わなくなる。
1. ものを　2. ものの

1. ものを：「ば…ものを」可是…
2. ものの：雖然…但是…

**9** お休みの _____ お邪魔して申し訳ありません。
1. ものを　2. ところを

1. ものを：可是…
2. ところを：正…之時

**10** チョコレートか _____ 、なんとキャラメルでした。
1. ときたら
2. と思いきや

1. ときたら：提起…來
2. と思いきや：「（か）と思いきや」原以為…、誰知道…

**11** 荷物を預けた _____ 、重量オーバーで追加料金の支払いを要求された。
1. ところが　2. ところを

1. ところが：「たところが」…可是…
2. ところを：正…之時

## 2 接續助詞（逆接）總整理

□ 1 といえども
□ 2 とはいえ
□ 3 ないまでも
□ 4 ながら（も）
□ 5 ならいざ知らず、はいざ知らず
□ 6 ならまだしも

□ 7 もさることながら
□ 8 ものを
□ 9 ところ（を）
□ 10 （か）と思いきや
□ 11 たところが

## 3 文法比較 --- 接續助詞（逆接）

### 1

#### といえども
「即使…也…」、「雖說…可是…」

比較

#### としたら
「如果…的話」

【名詞；[名詞・形容詞・形容動詞・動詞]普通形；形容動詞詞幹】＋といえども。表示逆接轉折。先承認前項是事實，但後項並不因此而成立。

例 親といえども、子供の手紙を無断で読むことは許されない。

即使是父母也不容許擅自讀閱孩子的私人信件。

【名詞だ；形容動詞詞幹だ；[形容詞・動詞]普通形】＋としたら。表示順接的假定條件。在認清現況或得來的信息的前提條件下，據此條件進行判斷。後項是說話人判斷的表達方式。

例 川田大学でも難しいとしたら、山本大学なんて当然無理だ。

既然川田大學都不太有機會考上了，那麼山本大學當然更不可能了。

### 2

#### とはいえ
「雖然…但是…」

比較

#### と（も）なると
「要是…那就…」

【名詞（だ）；形容動詞詞幹（だ）；[形容詞・動詞]普通形】＋とはいえ。表示逆接轉折。先肯定那事雖然是那樣，但是實際上卻是後項的結果。

例 日曜日とはいえ、特にやることがない。

雖說是星期天，也沒有什麼特別的事要做。

【名詞；動詞普通形】＋と（も）なると。表示如果發展到某程度，用常理來推斷，就會理所當然導向某種結論。

例 プロともなると、作品の格が違う。

要是變成專家，作品的水準就會不一樣。

## 3

### ないまでも
「沒有…至少也…」、「就是…也該…」、「即使不…也…」

比較

### までもない
「用不著…」

【名詞で（は）；[形容詞・形容動詞・動詞]否定形】＋ないまでも。表示雖然沒有做到前面的地步，但至少要做到後面的水準的意思。

例 掃除(そうじ)しないまでも、使(つか)ったものぐらい片付(かたづ)けなさい。

就算不打掃，至少也得把用過的東西歸回原位！

【動詞】＋までもない。的意思。表示事情尚未到達到某種程度，沒有必要做某事。

例 子(こ)どもじゃあるまいし、一々(いちいち)教(おし)えるまでもない。

你又不是小孩子，我沒必要一個個教的。

## 4

### ながら（も）
「雖然…」、「但是…」

比較

### つつ（も）
「儘管…」

【名詞；形容動詞詞幹；形容詞辭書形；動詞ます形】＋ながら（も）。連接兩個矛盾的事物，表示後項與前項所預想的不同。

例 彼(かれ)は、不自由(ふじゆう)な体(からだ)ながらも、一生懸命(いっしょうけんめい)に生(い)きている。

他雖身體有肢障，仍盡己所能活下去。

【動詞ます形】＋つつ（も）。表示逆接，用於連接兩個相反的事物，表示同一主體，在進行某一動作的同時，也進行另一個動作。

例 身分(みぶん)が違(ちが)うと知(し)りつつも、好(す)きになってしまいました。

雖然知道彼此的家世背景有落差，但還是愛上他了。

## 5

### ならいざ知(し)らず、はいざ知(し)らず
「（關於）我不得而知…」、「姑且不論…」、「（關於）…還情有可原」

比較

### ならでは（の）
「正因為…才」

【名詞】＋ならいざ知らず、はいざ知らず；【[名詞・形容詞・形容動詞・動詞]普通形（の）】＋ならいざ知らず。表示不去談前項的可能性，著重談後項的實際問題。後項多帶驚訝或情況嚴重的內容。

例 昔(むかし)はいざ知(し)らず、今(いま)は会社(かいしゃ)を10も持(も)つ大実業家(だいじつぎょうか)だ。

不管他有什麼樣的過去，現在可是擁有十家公司的大企業家。

【名詞】＋ならでは（の）。表示如果不是前項，就沒後項，正因為是這人事物才會這麼好。是高評價的表現方式。

例 決勝戦(けっしょうせん)ならではの盛(も)り上(あ)がりを見(み)せている。

比賽呈現出決賽才會有的激烈氣氛。

**6**

### ならまだしも
「若是…還說得過去」、「（可是）…」、「若是…還算可以…」

比較

### と（も）なると
「要是…那就…」之意。」

【名詞】＋ならまだしも；【形容動詞詞幹な；[形容詞・動詞]普通形】（の）＋ならまだしも。表示反正是不滿意，儘管如此但這個還算是好的，雖然不是很積極地肯定，但也還說得過去。

**例** 教室でお茶ぐらいならまだしも、授業中に食事をとるのはやめてほしいです。

倘若只是在教室喝茶那倒罷了，像這樣在上課的時候吃飯，真希望停止這樣的行為。

【名詞；動詞普通形】＋と（も）なると。表示如果發展到某程度，用常理來推斷，就會理所當然導向某種結論。

**例** 12時ともなると、さすがに眠たい。

到了十二點，果然就會想睡覺。

---

**7**

### もさることながら
「不用說…」、「…（不）更是…」

比較

### ならいざ知らず、はいざ知らず
「（關於）我不得而知…」

【名詞】＋もさることながら。前接基本內容，後接強調內容。表示雖然不能忽視前項，但後項更進一步。

**例** 子供の頑張りもさることながら、お父さんの奮闘振りもすばらしい。

儘管孩子的努力值得讚許，但父親奮鬥的表現也很了不起。

【名詞】＋ならいざ知らず；【[名詞・形容詞・形容動詞・動詞]普通形（の）】＋ならいざ知らず。表示不去談前項的可能性，著重談後項的實際問題。後項多帶驚訝或情況嚴重的內容。

**例** 昔はいざしらず、今は会社を十も持つ大実業家だ。

不管他有什麼樣的過去，現在可是擁有十家公司的大企業家。

# 8

| | | |
|---|---|---|
| **ものを**<br>「可是…」、「卻…」、「然而卻…」 | 比較 | **ところ（を）**<br>「正…之時」 |

【名詞である；形容動詞詞幹な；[形容詞・動詞]普通形】＋ものを。表示説話者以悔恨、不滿、責備的心情，來說明前項的事態沒有按照期待的方向發展。

 **正直に言えばよかったものを、隠すからこういう結果になる。**

坦承說出就沒事了，就是隱匿不報才會造成這種下場。

【名詞の；形容詞辭書形；動詞ます形＋中の】＋ところ（を）。表示雖然在前項的情況下，卻還是做了後項。

例 **お食事中のところをすみません。実は、困ったことになりまして。**

用餐時打擾了。是這樣的，發生了一件棘手的事。

---

# 9

| | | |
|---|---|---|
| **ところ（を）**<br>「正…之時」、「…之時」、「…之中」 | 比較 | **ものを**<br>「可是…」 |

【名詞の；形容詞辭書形；動詞ます形＋中の】＋ところ（を）。表示雖然在前項的情況下，卻還是做了後項。

例 **お忙しいところをわざわざお越しくださり、ありがとうございます。**

非常感謝您在百忙之中勞駕到此。

【名詞である；形容動詞詞幹な；[形容詞・動詞]普通形】＋ものを。表示説話者以悔恨、不滿、責備的心情，來說明前項的事態沒有按照期待的方向發展。

例 **先にやっておけばよかったものを、やらないから土壇場になって慌てることになる。**

先把它做好就沒事了，可是你不做才現在事到臨頭慌慌張張的。

**10**

| （か）と思いきや<br>「原以為…」、「誰知道…」 | 比較 | ときたら<br>「說到…來」 |
|---|---|---|

【[名詞・形容詞・形容動詞・動詞]普通形；引用的句子或詞句】＋（か）と思いきや。表示按照一般情況推測，應該是前項結果，卻意外出現後項相反的結果。

例 難しいかと思いきや、意外に簡単だった。

原本以為很困難，沒想到出乎意外的簡單。

【名詞】＋ときたら。表示提起話題，說話者帶譴責和不滿的情緒，對話題中的人或事進行批評。

例 弟ときたらまたゲームをやっている。

說到我弟弟，他又在玩電玩了。

**11**

| たところが<br>「…可是…」、「結果…」 | 比較 | ところ（を）<br>「正…時」 |
|---|---|---|

【動詞た形】＋ところが。表示順態或逆態接續，後項往往是出乎意料的客觀事實。

例 ソファーを購入したところが、ソファーベッドが送られてきました。

買了沙發，廠商卻送成了沙發床。

【名詞の；形容詞辭書形；動詞ます形＋中の】＋ところ（を）。表示雖然在前項的情況下，卻還是做了後項。

例 お見苦しいところをお見せしたことをお詫びします。

讓您看到這麼不體面的場面，給您至上萬分的歉意。

**問題 1 　（　　）に入るのに最もよいものを、1・2・3・4 から一つ選びなさい。**

1 　大切なものだと知らなかった（　　　）、勝手に処分してしまって、すみませんでした。

　1　とはいえ　　　　　　　　　　2　にもかかわらず

　3　と思いきや　　　　　　　　　4　とばかり

2 　大成功とは言わないまでも、（　　　）。

　1　成功とは言い難い　　　　　　2　もう二度と失敗できない

　3　次に期待している　　　　　　4　なかなかの出来だ

3 　お忙しい（　　　）、わざわざお越しいただきまして、恐縮です。

　1　ところで　　　　　　　　　　2　ところを

　3　ところにより　　　　　　　　4　ところから

**問題 2 　つぎの文の＿★＿に入る最もよいものを、1・2・3・4 から一つ選びなさい。**

4 　彼女に告白したところで、＿＿＿＿　＿＿＿＿　＿★＿　＿＿＿＿。

　1　ものを　　　　　　　　　　　2　どうせ

　3　ふられるのだから　　　　　　4　やめておけばいい

5 　どんな悪人＿＿＿＿　＿＿＿＿　＿★＿　＿＿＿＿いるのだ 。

　1　家族が　　　　　　　　　　　2　悲しむ

　3　死ねば　　　　　　　　　　　4　といえども

6 　全財産を失ったというのなら＿＿＿＿　＿＿＿＿　＿★＿　＿＿＿＿落ち込むとはね。

　1　そんなに　　　　　　　　　　2　くらいで

　3　いざ知らず　　　　　　　　　4　宝くじがはずれた

問題1　（　　）に入るのに最もよいものを、1・2・3・4から一つ選びなさい。

問題1　請從1・2・3・4之中選出一個最適合填入（　　）的答案。

---

**1**　　　　　　　　　　　　　　　　　　　　　　　　　　　Answer **①**

大切なものだと知らなかった（　　　　），勝手に処分してしまって、すみませんでした。

| 1 とはいえ | 2 にもかかわらず | 3 と思いきや | 4 とばかり |
|---|---|---|---|

（雖說）並不曉得那是非常重要的東西，仍然必須為我予以擅自丟棄致上歉意。

| 1 雖說 | 2 儘管如此 | 3 原以為 | 4 似乎～般地 |
|---|---|---|---|

---

（　　）の前後の文の関係を考える。

「（名詞、普通形）とはいえ」は、〜は事実だが、それでもやはり、と言いたいとき。例、

・駅前とはいえ、田舎ですので夜7時には真っ暗になりますよ。

他の選択肢の文型もチェック：

2「（名詞、普通形）にもかかわらず」は、〜のにそれでも、という意味。例、

・悪天候にもかかわらず、多くのファンが空港に押し寄せた。

3「（普通形）と思いきや」は、〜と思ったが、実際は違ったと言いたいとき。例、

・去年できたこのラーメン屋は、すぐに潰れるかと思いきや、なかなか流行っているようだ。

4「（発話文）とばかり（に）」は、まるで〜と言うような態度で、という意味。例、

・母は、がんばれとばかりに、私の肩をたたいた。

從（　　）前後文的關係來考量，「（名詞、普通形）とはいえ／雖說」用在想表達"〜雖是事實，但還是…"時。例句：

・雖說是車站前面的鬧區，畢竟是鄉下，到了晚上七點就一片漆黑囉。

檢查其他選項的文法：

選項2「（名詞、普通形）にもかかわらず／儘管如此」是"雖然〜但還是"的意思。例句：

・儘管天氣惡劣，仍然有大批粉絲爭相擠進了機場。

選項3「（普通形）と思いきや／原以為〜」用在想表達"雖然是〜這麼想，但事實並非如此"時。例句：

・去年開張的這家拉麵店，原本以為很快就會倒閉了，沒想到成為一家當紅的名店呢！

選項4「（発話文）とばかり（に）／似乎…般地」是"簡直就像是在說〜的態度"的意思。例句：

・媽媽拍了我的肩膀，意思是幫我打氣。

**2**

> 大成功とは言わないまでも、（　　　　）。
> 1　成功とは言い難い　　　　　　　　2　もう二度と失敗できない
> 3　次に期待している　　　　　　　　4　なかなかの出来だ

> 雖然談不上非常成功，仍是（相當了不起的成果）！
> 1 很難說是成功　　　　　　　　　　2 再也不能失敗了
> 3 期待下一次能夠成功　　　　　　　4 相當了不起的成果

「（動詞ない形）までも」は、〜という高い程度まではいかないが、その少し下のレベルだと言いたいとき。例、

・毎晩とは言わないまでも、週に一度くらいは親に電話しなさい。

問題文では、大成功より少し下のレベルの状態を表す選択肢を選ぶ。

「（動詞ない形）までも／雖然〜仍是」用在想表達"雖然無法達到〜這麼高的程度，但可以達到比其稍低的程度"時。例句：

・雖不至於要求每天晚上，但至少一個星期要打一通電話給爸媽！

本題要選表示"比非常成功的程度差一點的狀態"的選項。

**3**

> お忙しい（　　　　）、わざわざお越しいただきまして、恐縮です。
> 1　ところで　　　　2　ところを　　　　3　ところにより　　　4　ところから

> 您這麼忙（的時候）還特地撥冗前來，真在不敢當。【亦即，您在百忙之中……】
> 1 即使　　　　　　2 〜的時候　　　　3 依照不同的地方　　4 從〜的部分

「（普通形、な形‐な、名詞‐の）ところを」は、〜の時なのに、〜という状況なのに、〜という状況なのに、申し訳ないと謝るときの言い方。例、

・お休みのところを、お邪魔いたしました。

「（普通形、な形‐な、名詞‐の）ところを／〜的時候」是用在"在〜的時候卻〜、在〜的狀況卻〜"時，是表示抱歉的說法。例句：

・不好意思，在您休息的時間打擾了。

問題2 つぎの文の ＿＿★＿＿ に入る最もよいものを、1・2・3・4から一つ選びなさい。

問題2 下文的＿＿★＿＿中該填入哪個選項，請從1・2・3・4之中選出一個最適合的答案。

---

**4**        Answer **④**

かのじょ こくはく
彼女に告白したところで、＿＿＿＿ ＿＿＿＿ ＿＿★＿＿ 。

| 1 ものを | 2 どうせ |
|---|---|
| 3 ふられるのだから | 4 やめておけばいい |

就算向她表白，反正都會被甩的，所以還是放棄算了，可是…。
| 1 可是… | 2 反正 | 3 都會被甩的 | 4 還是放棄算了 |

---

かのじょ こくはく
彼女に告白したところで、2どうせ 3振られるのだから 4やめておけばいい 1ものを。

「告白したところで」は、もし告白しても、という意味で、否定的な意味を表す。2は、どのようにしても無理だ、結局だめだ、という意味の副詞なので、3の前に2を置く。3の「～だから」に続くのは4。1は、～のに、という意味で、残念な気持ちや非難する気持ちを表す言い方。

文型をチェック：
「（動詞た形）ところで」は、～しても無駄だ、という意味。例、
・私なんかが、どんなにがんばったところで、佐々木さんに勝てるはずがないよ。

「（動詞、形容詞の普通形）ものを」は、期待する状態を仮定して言うことで、現実に不満な気持ちを表す。例、
・山田さんも、意地を張らないで、ちゃんと奥さんに謝ればよかった

就算向她表白，2 反正 3 都會被甩的，所以 4 還是放棄算了，1 可是…。

「告白したところで／就算向她表白」的意思是"即使向她表白"，是表示否定的意思。選項2是表達"無論做什麼都沒用、結果都是不行的"意思的副詞，因此選項3的前面應填入選項2。選項3的「～だから／所以～」後面應接選項4。選項1是"可是～"的意思，是表達可惜的心情或語含責備的說法。

檢查文法：

「（動詞た形）ところで／即使」是"做～也是沒用的"的意思。例句：

・像我這樣的人即使再怎麼努力，也不可能贏過佐佐木同學啦！

「（動詞、形容詞の普通形）ものを／然而卻～」是陳述說話者假設的期待狀況，用於表達對現實不滿的心情。例句：

・山田先生也別賭氣了，只要誠心向太太道歉就沒事了嘛。

ものを。

この例文で、話者は、山田さんが奥さんに謝ることを期待していたが、そうしなかったので残念に思っていることが分かる。また、「ものを」の後に続く「謝らなかった」という部分は省略されることが多い。

従這句例句可知，說話者期待山田先生向太太道歉，但因為山田先生沒有這麼做，因此說話者覺得很可惜。另外，「ものを／然而卻～」後面的「謝らなかった／沒有道歉」常常被省略。

---

**5**

どんな悪人＿＿＿＿　＿＿＿＿　★＿＿＿　＿＿＿＿いるのだ 。
1　家族が　　　　　2　悲しむ　　　　　3　死ねば　　　　　4　といえども

即使是十惡不赦的壞人，如果死了，還是會有為他傷心的家人。
1 家人　　　　　2 傷心　　　　　3 如果死了　　　　　4 即使是

---

どんな悪人　**4**といえども　**3**死ねば　**2**悲しむ　**1**家族が　いるのだ。

「どんな悪人」の後に置けるのは4。「いるのだ」の前には1を置く。3と2は、1を説明していることば。

※1、2と続けてしまうと、文末の「いるのだ」につながらない。

文型をチェック：

「（名詞）といえども」は、〜は事実だが、実際はそのことから想像するのとは違う、と言いたいとき。例、

・社長といえども、会社のお金を自由に使うことは許されない。

**4**即使是　十惡不赦的壞人，**3**如果死了，還是會有為他　**2**傷心　的　**1**家人。

接在「どんな悪人／十惡不赦的壞人」後面的是選項4。「いるのだ／會有」前面的是選項1。選項3和選項2是用來說明選項1的詞語。

※ 如果連接選項1和2寫成「家族が悲しむ／家人很傷心」的話，就無法連接句尾的「いるのだ／會有」。

檢查文法：

「（名詞）といえども／即使是～」用在想表達"雖然～是事實，但實際情況和想像中的並不同"時。例句：

・雖說是總經理，仍然不被允許隨意動用公司的資金。

全財産を失ったというのなら＿＿＿＿＿ ＿＿＿＿＿ ★＿＿＿＿＿ ＿＿＿＿＿落ち込むとはね。

1　そんなに　　　　　　2　くらいで　　　　　3　いざ知らず　　　4　宝くじがはずれた

假如是失去了所有的財產倒還另當別論，只不過是彩券沒中獎，用不著那麼沮喪吧。
1 用不著　　　　　　　2 只不過是　　　　　3 另當別論　　　　　4 彩券沒中獎

---

全財産を失ったというのなら　３いざ知らず　４宝くじがはずれた　２くらいで　１そんなに　落ち込むとはね。
「全財産を失った」と４とが対比すると考え、その間に３を置く。４と２をつなげる。１は「落ち込む」の前に置く。
文末の「とは」は驚きを表す言い方。「とは」の後に、〜驚きだ、〜呆れた、などが省略されている。
文型をチェック：
「（名詞、普通形）ならいざ知らず」は極端な例をあげて、〜ならそうかもしれないが、（でもこの場合は違う）と言いたいとき。例、
・プロの料理人ならいざしらず、私にはそんな料理は作れませんよ。
「（名詞、普通形）くらい」は、程度が軽いと言いたいとき。例、
・そのくらいの怪我で泣くんじゃない。

假如是失去了所有的財產倒還　３另當別論，２只不過是　４彩券沒中獎，１用不著那麼　沮喪吧。

考量到「全財産を失った／失去了所有的財產」和選項4是相對的，因此中間填入選項3。連接選項4和選項2。選項1填入「落ち込む／沮喪」前面。

句尾「とは」是表示驚訝的說法。「とは」後面的"〜驚人、〜訝異"被省略了。

檢查文法：

「（名詞、普通形）ならいざ知らず／倒還另當別論」先舉出一個極端的例子，表示"如果是〜也許是這樣，（但情況並非如此）"。例句：

・姑且不論專業的廚師，我怎麼可能做得出那種大菜嘛！

「（名詞、普通形）くらい／不過是〜」用在想表達程度很輕的時候。例句：

・不過是一點點小傷，不准哭！

# **Memo**

# 接續助詞（條件・逆接條件）

## **1** 文法闖關大挑戰

文法知多少？請完成以下題目，從選項中，選出正確答案，並完成句子。
《答案詳見右下角。》

**1** あの犬はちょっとでも近づこう＿＿＿＿、すぐ吠えます。
1. ものなら　2. ものだから

1. ものなら：「うものなら」如果要…的話，就…
2. ものだから：就是因為…，所以…

**2** あのスナックは＿＿＿＿、もう止まりません。
1. 食べたところで
2. 食べたら最後

1. 食べたところで：「たところで」即使…也不…
2. 食べたら最後：「たら最後」（一旦…）就必定…

**3** 目標があっ＿＿＿＿、頑張れるというものです。
1. てこそ　2. ては

1. てこそ：只有…才（能）
2. ては：要是…的話

**4** 大型の台風が来る＿＿＿＿、雨戸も閉めた方がいい。
1. とあって　2. とあれば

1. とあって：由於…（的關係）
2. とあれば：如果…那就…

**5** 東京都内の一軒家＿＿＿＿、とても手が出ません。
1. とあれば　2. となれば

1. とあれば：要是…那就…
2. となれば：提起…

**6**

あなた _____ 、生きていけません。

1. なくしては　2. ないまでも

1. なくしては：如果沒有…
2. ないまでも：沒有…至少也…

**7**

残業 _____ 、今日中に終わらせます。

1. 言おうものなら
2. しようとも

1. 言おうものなら：「うものなら」如果要…的話，就…
2. しようとも：「うと」不管是…

**8**

一言一句 _____ 漏らさず書きとりました。

1. たりとも　2. なりと

1. たりとも：哪怕…也不（可）…
2. なりと：不管…

**9**

私がいくら説得した _____ 、彼は聞く耳を持たない。

1. ところで　2. が最後

1. ところで：「たところで…ない」即使…也不…
2. が最後：（一旦…）就必定…

**10**

オーブンレンジであれば、どのメーカーのもの _____ 構いません。

1. にして　2. であろうと

1. にして：直到…才…
2. であろうと：無論…還是…

## 2 接續助詞（條件・逆接條件）總整理

1 うものなら
2 が最後、たら最後
3 てこそ
4 とあれば
5 と（も）なると、と（も）なれば

6 なくして（は）…ない
7 うが、うと
8 たりとも…ない
9 たところで…ない
10 であれ、であろうと

## 3 文法比較 --- 接續助詞（條件・逆接條件）

T-10

### 1

**うものなら**
「如果要…的話，就…」

比較

**ものだから**
「就是因為…，所以…」

【動詞可能形】＋ものなら。表示萬一發生那樣的事情的話，事態將會十分嚴重。是一種比較誇張的表現。

例 昔は親に反抗しようものなら、すぐに叩かれたものだ。

以前要是敢反抗父母，一定會馬上挨揍。

【[名詞・形容動詞詞幹]な；[形容詞・動詞]普通形】＋ものだから。表示原因、理由。常用在因為事態的程度很厲害，因此做了某事。結果是消極的。

例 お葬式で正座して、足がしびれたものだから立てませんでした。

在葬禮上跪坐得腳麻了，以致於站不起來。

### 2

**が最後、たら最後**
「（一旦…）就必須…」、
「（一…）就非得…」

比較

**たところで…ない**
「即使…也不…」

【動詞た形】＋が最後、たら最後。一旦做了某事，就一定會有後面情況，或必須採取的行動，多是消極的結果或行為。

例 これを逃したら最後、こんなチャンスは二度とない。

要是錯失了這次機會，就再也不會有下一回了。

【動詞た形】＋ところで…ない。表示即使前項成立，後項結果也是與預期相反，或只能達到程度較低的結果。

例 応募したところで、採用されるとは限らない。

即使去應徵了，也不保證一定會被錄用。

**3**

### てこそ
「只有…才（能）…」、「正因為…才…」

比較

### ては
「要是…的話」

【動詞て形】＋こそ。表示只有當具備前項條件時，後面的事態才會成立。

例 人は助け合ってこそ、人間として生かされる。

人們必須互助合作才能存活下去。

【動詞て形】＋は。表示假定的條件。表示這樣的條件，不好辦，不應該這樣做。如果是前項的條件，那麼就會導致後項不良的、不如意的結果或結論。

例 そんなに大きな声で怒鳴っては、彼女はかわいそうよ。

這麼大聲吼她的話，她很可憐耶。

**4**

### とあれば
「如果…那就…」、「假如…那就…」

比較

### とあって
「由於…（的關係）」

【名詞；[名詞・形容詞・形容動詞・動詞]普通形；形容動詞詞幹】＋とあれば。假定條件的説法。如果是為了前項所提的事物，是可以接受的，並將採後項的行動。

例 彼は、昇進のためとあれば、何でもする。

他只要事關升遷，什麼事都願意去做。

【名詞；[名詞・形容詞・形容動詞・動詞]普通形；形容動詞詞幹】＋とあって。由於前項特殊的原因，當然就會出現後項特殊的情況，或應該採取的行動。

例 年頃とあって、最近娘はお洒落に気を使っている。

因為正值妙齡，女兒最近很注重打扮。

## 5

### と（も）なると、と（も）なれば
「要是…那就…」、「如果…那就…」

比較

### とあれば
「如果…那就…」

【名詞；動詞普通形】＋と（も）なると、と（も）なれば。表示如果發展到某程度，用常理來推斷，就會理所當然導向某種結論。

例 一括払いとなると、さすがに負担が大きい。

採用一次付清的方式繳款，畢竟負擔重。

【名詞；[名詞・形容詞・形容動詞・動詞]普通形；形容動詞詞幹】＋とあれば。假定條件的説法。如果是為了前項所提的事物，是可以接受的，並將採後項的行動。

例 デザートを食べるためとあれば、食事を我慢しても構わない。

假如是為了吃甜點，不吃正餐我也能忍。

## 6

### なくして（は）…ない
「如果沒有…」、「沒有…」

比較

### ないまでも
「沒有…至少也…」

【名詞；動詞辭書形】（こと）＋なくして（は）…ない。表示假定的條件。表示如果沒有前項，後項的事情會很難實現。

例 教授の助言なくして、この研究の成功はなかった。

假如沒有教授的提點，這個研究絕對無法成功。

【名詞で（は）；[形容詞・形容動詞・動詞]否定形】＋ないまでも。表示雖然沒有做到前面的地步，但至少要做到後面的水準的意思。

例 1億円とは言わないまでも、せめて百万円でも当たるといいなあ。

就算沒有一億圓，至少中個一百萬圓也好啊！

## 7

### うが、うと
「不管是…」、「即使…也…」

比較

### うものなら
「如果要…的話，就…」

【[名詞・形容動詞]だろ／であろ；形容詞詞幹かろ；動詞意向形】＋うが、うと。表示不管前面的情況如何，後面的事情都不會改變。後面是不受前面約束的，要接想完成的某事，或表示決心、要求的表達方式。

例 誰がなんと言おうと、謝る気はない。

不管任何人説什麼，決不願意道歉。

【動詞意向形】＋うものなら。表示萬一發生那樣的事情的話，事態將會十分嚴重。是一種比較誇張的表現。

例 あの犬は、ちょっとでも近づこうものならすぐ吠えます。

只要稍微靠近那隻狗就會被吠。

**8**

### たりとも…ない
「哪怕…也不（可）…」、「就是…也不（可）…」

（比較）

### なりと（も）
「至少…都行」

【名詞】＋たりとも、たりとも…ない；【數量詞】＋たりとも…ない。強調最低數量也不能允許，或不允許有絲毫的例外。

例 一秒たりとも無駄にできない。

一分一秒也不容許浪費。

【名詞】＋なりとも。表示最低限度的條件或希望。

例 お嬢さんに一目なりとも会わせていただけませんでしょうか。

是否可以讓我見大小姐一面？

**9**

### たところで…ない
「即使…也不…」、「雖然…但不…」、「儘管…也不…」

（比較）

### が最後
「（一旦…）就必須…」

【動詞た形】＋ところで…ない。表示即使前項成立，後項結果也是與預期相反，或只能達到程度較低的結果。

例 いくら急いだところで8時には着きそうもない。

無論再怎麼趕路，都不太可能在八點到達吧！

【動詞た形】＋が最後。一旦做了某事，就一定會有後面情況，或必須採取的行動，多是消極的結果或行為。

例 契約にサインしたが最後、その通りにやるしかない。

一旦在契約上簽了字，就只能按照上面的條件去做了。

**10**

### であれ、であろうと
「即使是…也…」、「無論…都…」

（比較）

### にして
「直到…才…」

【名詞】＋であれ、であろうと。表示不管前項是什麼情況，後項的事態都還是一樣。後項多為說話者主觀判斷或推測內容。

例 たとえどんな理由であれ、家庭内暴力は絶対に許せません。

無論基於什麼理由，絕對不容許發生家庭暴力。

【名詞】＋にして。表示到了某階段才初次發生某事。

例 60歳にして英語を学び始めた。

到了六十歲，才開始學英語。

**問題1 （　　）に入るのに最もよいものを、1・2・3・4から一つ選びなさい。**

**1** ボランティアの献身的な活動（　　　　）、この町の再建はなかったといえる。

1 なくして 　　　　　　　　　 2 をもって

3 をよそに 　　　　　　　　　 4 といえども

**2** 高橋部長がマイクを（　　　　）最後、10曲は聞かされるから、覚悟しておけよ。

1 握っても 　　　　　　　　　 2 握ろうと

3 握ったが 　　　　　　　　　 4 握るなり

**3** 今さら後悔した（　　　　）、事態は何も変わらないよ。

1 ことで 　　　　　　　　　 2 もので

3 ところで 　　　　　　　　　 4 わけで

**問題2 つぎの文の＿★＿に入る最もよいものを、1・2・3・4から一つ選びなさい。**

**4** 逆転に次ぐ逆転で、＿＿＿＿　＿＿＿＿　＿★＿　＿＿＿＿試合が続いている 。

1 気を抜くことの 　　　　　　　 2 できない

3 たりとも 　　　　　　　　　 4 一瞬

**5** 食物アレルギーを甘くみてはいけない。＿＿＿＿　＿＿＿＿　＿★＿　＿＿＿＿あるのだ。

1 食べよう 　　　　　　　　　 2 誤って

3 命にかかわることも 　　　　　 4 ものなら

**6** いつもは静かな＿＿＿＿　＿＿＿＿　＿★＿　＿＿＿＿国内外からの多くの観光客で賑わう。

1 ともなると 　　　　　　　　 2 紅葉の季節

3 も 　　　　　　　　　　　　 4 この寺

# 5 翻譯與解題

**問題1**　（　　）に入るのに最もよいものを、1・2・3・4から一つ選びなさい。

**問題1**　請從1・2・3・4之中選出一個最適合填入（　　）的答案。

---

**1**　　　　　　　　　　　　　　　　　　　　　　　　　Answer **1**

> ボランティアの献身的な活動（　　　　　）、この町の再建はなかったといえる。
>
> 1　なくして　　　　　2　をもって　　　　　3　をよそに　　　　4　といえども
>
> 可以說，（假如沒有）志工們的奉獻，這座城鎮不可能順利重建。
>
> | 1 假如沒有　　　　　2 根據　　　　　　3 無關　　　　　　4 雖說

---

「献身的な活動」と「再建はなかった」との意味から、二重否定の文を考える。「（名詞、動詞辞書形＋こと）なくして」は、もし～がなかったら…はない、と言いたいとき。例、

・先生の厳しいご指導なくして、今の私はありません。

他の選択肢の文型もチェック：

2「（名詞）をよそに」は、～のことを気にしないで、という意味。例、

・彼女は親の心配をよそに、故郷を後にした。

3「（名詞）をもって」は、～で、の硬い言い方。名詞が期日の場合は、～の時までで、という意味。例、

・本日をもって閉会します。名詞が方法などの場合は手段を表す。例、

・君の実力をもってすれば、不可能はないよ。

4「（名詞、普通形）といえども」は、～は事実だがでも、と言いたいとき。例、

・子どもといえども、人を傷つける嘘は許されない。

從「献身的な活動／奉獻」和「再建はなかった／不可能重建」的文意來看，可知這是雙重否定的句子。「（名詞、動詞辞書形＋こと）なくして／假如沒有～就不～」用在想表達 "如果沒有～就沒有…" 時。例句：

・如果沒有老師的嚴格指導，就不會有今天的我了。

檢查其他選項的文法：

選項2「（名詞）をよそに／不顧」是 "不介意～" 的意思。例句：

・她不顧父母的擔憂，離開了故鄉。

選項3「（名詞）をもって／以～」是 "用～" 的意思，是較生硬的說法。如果填入的名詞為日期的情況，是 "到～時" 的意思。例句：

・會議就到今天結束。

若是填入的名詞為方法等等，則用於表示手段。例句：

・只要發揮你的實力，絕對辦得到的！

選項4「（名詞、普通形）といえども／雖說～可是～」用在想表達 "雖然～是事實，但～" 時。例句：

・雖說還是小孩，但一樣不可以說謊傷害別人。

高橋部長がマイクを（　　　）最後、10 曲は聞かされるから、覚悟しておけよ。
1　握っても　　　　　2　握ろうと　　　　3　握ったが　　　　4　握るなり

（一旦）被高橋經理（握到了）麥克風，就得聽他唱完十首歌，你最好先有心理準備喔！
1 即使握到了～　　2 想要握～　　　　3 一旦～握到了～　　4 一握到就～

「（動詞）た形＋が最後」で、〜たら必ず酷い結果になる、という意味。例、
・彼を怒らせたが最後、こちらから謝るまで口もきかないんだ。
※「〜たら最後」も同じ。
他の選択肢の文型もチェック：
4「（動詞辞書形）なり」は、〜してすぐに次のことをするという意味。例、
・彼はテーブルに着くなり、コップの水を飲み干した。

「（動詞）た形＋が最後／一旦〜就」是“如果〜的話一定會造成嚴重的後果”的意思。例句：
・一旦惹他生氣了，他就連一句話都不肯說，直到向他道歉才肯消氣。
※「〜たら最後／一旦〜」意思也是相同的。
檢查其他選項的文法：
選項4「（動詞辞書形）なり／一〜就〜」是“做了〜後立即做下一件事”的意思。例句：
・他一到桌前，立刻把杯子裡的水一飲而盡。

今さら後悔した（　　　）、事態は何も変わらないよ。
1　ことで　　　　　2　もので　　　　　3　ところで　　　　4　わけで

（即使）事到如今才後悔，也於事無補了！
1 由於　　　　　2 由於　　　　　3 即使　　　　4 因此

「（動詞た形）ところで」は、〜しても無駄だ、と言いたいとき。例、
・今から急いで行ったところで、どうせ間に合わないよ。
※「今さら」は、今になって、という意味。もう遅い、手遅れだ、という文になる。

「（動詞た形）ところで／即使〜」用在想表達“即使做〜也沒用”時。例句：
・就算現在趕過去，反正也來不及啦！
※「今さら／事到如今」是“事到如今”的意思。用在表達已經太遲了、為時已晚的句子中。

問題2　つぎの文の＿＿＿★＿＿＿に入る最もよいものを、１・２・３・４から一つ選びなさい。

問題2　下文的＿＿＿★＿＿＿中該填入哪個選項，請從１・２・３・４之中選出一個最適合的答案。

**4**　Answer ❶

逆転に次ぐ逆転で、＿＿＿ ＿＿＿ ＿★＿ ＿＿＿試合が続いている 。
1　気を抜くことの　2　できない　3　たりとも　4　一瞬

這場接連幾度逆轉、連一分一秒都無法令人放鬆觀看的比賽仍在進行當中。
1 令人放鬆　2 無法　3 連～都　4 一分一秒

逆転に次ぐ逆転で、4一瞬　3たりとも　1気を抜くことの　2できない試合が続いている。

1、2をつなげて「試合」の前に置く。「～たりとも…ない」は、前に「一」と助数詞を置いて、全くない、という意味。

文型をチェック：
「1＋助数詞＋たりとも…ない」は、1～もない、全くない、という意味。
例、
・一度たりともあなたを疑ったことはありません。

※「～に次ぐ～」は、次々に～が起こる、という状態を表す。
※「気を抜く」は、緊張を緩める、油断するという意味。

這場接連幾度逆轉、3連　4一分一秒　3都　2無法　1令人放鬆　觀看的比賽仍在進行當中。

將選項1和選項2連接起來接在「試合／比賽」前面。「～たりとも…ない／連～都沒有…」前接「一」和助數詞，是"全都沒有"的意思。

檢查文法：
「1＋助数詞＋たりとも…ない／一～都沒有…」是"連一～也沒有、全都沒有"的意思。例句：
・我連一次也不曾懷疑過你！

※「～に次ぐ～／接連～」表示"發生了一件又一件的～"的狀態。
※「気を抜く／放鬆」是"鬆懈緊張、大意"的意思。

食物アレルギーを甘くみてはいけない。＿＿＿　＿＿＿　＿★＿　＿＿＿ある
のだ。

1　食べよう　　　　　　　　　　　　2　誤って

3　命にかかわることも　　　　　　　4　ものなら

不要小看食物過敏的嚴重性。假如誤食的話，有時可能會危及性命 。

1 食　　　　　　　2 誤　　　　　　3 可能會危及性命　　　4 假如

食物アレルギーを甘くみてはいけない。
2 誤って　　1 食べよう　　4 ものなら
3 命にかかわることも　　あるのだ。
文末「あるのだ」の前に3を置く。1
と4でもし食べたら、という意味にな
る。1の前に2を入れる。
文型をチェック：
「（動詞意向形）ものなら」は、もし〜
したら、大変なことになる、と言いた
いとき。例、
　・妻に文句を言おうものなら、2倍
　　になって返って来る。

不要小看食物過敏的嚴重性。4 假如 2 誤
1 食 的話，有時 3 可能會危及性命 。
句子最後的「あるのだ／有」前面應填入
選項3。選項1和選項4是“如果吃了”
的意思。選項1的前面應填入選項2。
檢查文法：
「（動詞意向形）ものなら／如果能〜的
話」用在想表達“如果〜的話，事情就嚴
重了”時。例句：
　・如果膽敢向太太抱怨幾句，就會遭受
　　到她兩倍的牢騷轟炸。

いつもは静かな＿＿＿　＿＿＿　＿★＿　＿＿＿国内外からの多くの観光客で賑
わう。

1　ともなると　　　2　紅葉の季節　　　3　も　　　　　4　この寺

即使是平時安安靜靜的這座寺院一旦變成（進入）葉子轉紅的季節，就會大批湧入來自國
內外的遊客，好不熱鬧。

1 一旦變成（進入）2 葉子轉紅的季節　3 即使是　　　　4 這座寺院

いつもは静かな　4 この寺　3 も　2
紅葉の季節　1 ともなると　国内外か
らの多くの観光客で賑わう。
「静かな」の後には名詞の2か4。意

3 即使是　平時安安靜靜的　4 這座寺院
1 一旦變成（進入）　2 葉子轉紅的季節，
就會大批湧入來自國內外的遊客，好不熱鬧。
「静かな／安安靜靜的」的後面要接名詞，

味から考えて4、続けて3を置く。1「ともなると」は、「〜になると」という意味。

文型をチェック：

「（名詞）ともなると」は、〜くらい立場が高くなると、〜くらい状況が特別になると、という意味。例、

・パート社員も10年目ともなると、その辺の正社員よりよほど仕事ができるな。

所以是選項2和選項4其中一個。從語意考量，選項4後面應接選項3。選項1「ともなると／一旦變成」是「〜になると／如果變成〜」的意思。

檢查文法：

「（名詞）ともなると／一旦變成」是"一旦發展到〜的境界、要是〜狀況變得特別了"的意思。例句：

・即使是非正職職員，畢竟在公司待了長達十年，做起事來比一般正職職員效率更高哪！

# Memo

# Chapter

## 06　接續助詞（狀態・樣子）

### **1** 文法闖關大挑戰

文法知多少？請完成以下題目，從選項中，選出正確答案，並完成句子。
《答案詳見右下角。》

**2** 初めてのテレビ出演で、緊張し＿＿＿＿＿＿ でした。
1. ながら　2. っぱなし

1. ながら：一邊…一邊…
2. っぱなし：（放任）置之不理

**4** 試す ＿＿＿＿＿＿ やってみたら、案外うまくできただけのことです。
1. ともなく　2. とばかりに

1. ともなく：無意中…
2. とばかりに：幾乎要…

**6** これは仕事とは関係 ＿＿＿＿＿＿、趣味でやっていることです。
1. なしに　2. ないで

1. なしに：沒有…
2. ないで：不…就…

**1** 結局、彼女の話は最後まで ＿＿＿＿＿＿ じまいだった。
1. 聞けずに　2. 聞けず

1. 聞けずに：「ずじまいで」（結果）沒…
2. 聞けず：「ずに」沒…

**3** 彼はどうだ＿＿＿＿＿＿ 私たちを見た。
1. と言わんばかりに
2. ばかりに

1. と言わんばかりに：「とばかりに」幾乎要説…
2. ばかりに：就因為…

**5** 彼には生まれ ＿＿＿＿＿＿、備わっている品格があった。
1. のままに　2. ながらに

1. のままに：「まま」仍舊、老樣子
2. ながらに：邊…邊…

**7** 現在に ＿＿＿＿＿＿、10 年前の交通事故の後遺症に悩まされている。
1. 至っても　2. 至っては

1. に至っても：雖然到了…程度
2. に至っては：到…階段（オ）

---

□ 1 ずじまいで、ずじまいだ、ずじまいのN

□ 2 っ放しで、っ放しだ、っ放しの

□ 3 とばかり（に）、と言わんばかりに

□ 4 ともなく、ともなしに

□ 5 ながらに、ながらのN

□ 6 なしに、ことなしに

□ 7 に至って（は）

---

**3** 文法比較 --- 接續助詞（狀態・樣子）

## 1

### ずじまいで、ずじまいだ、ずじまいのN
「（結果）沒…」、「沒能…」、「沒…成」

比較

### ず（に）
「不…地」、「沒…地」

【動詞否定形（去ない）】＋ずじまいで、ずじまいだ、ずじまいの＋【名詞】。表示某一意圖，由於某些因素沒能做成，而時間就這樣過去了。常含惋惜、後悔等語氣。

例 いなくなったペットを懸命に探したが、結局、その行方はわからずじまいだった。

雖然拚命尋找失蹤的寵物，最後仍然不知牠的去向。

【動詞否定形（去ない）】＋ず（に）。表示以否定的狀態或方式來做後項的動作，或產生後項的結果，語氣較生硬。

例 切手を貼らずに手紙を出しました。

沒有貼郵票就把信寄出了。

---

## 2

### っ放しで、っ放しだ、っ放しの
「（放任）置之不理」、「（持續）一直…（不）…」、「總是」

比較

### ながら
「一邊…一邊…」

【動詞ます形】＋っ放しで、っ放しだ、っ放しの。表示該做的事沒做，放任不管、置之不理。大多含有負面的評價。

例 今だに水道の水を出しっぱなしにしている人が大勢います。

迄今仍有非常多人沒有養成隨手關水龍頭的習慣。

【名詞；動詞ます形】＋ながら。表示做某動作的狀態或情景。為「在A的狀況之下做B」的意思。

例 歌を歌いながら歩きました。

一面唱歌一面走路。

**3**

とばかり（に）、と言わんばかりに
「幾乎要說…」、「簡直就像…」、
「顯出…的神色」

比較

ばかりに
「就因為…」

【名詞；簡體句】＋とばかり（に）、と言わんばかりに。表示雖然沒有說出來，但簡直就是那個樣子，來做後項動作猛烈的行為。

例 今がチャンスとばかりに持ち株を全て売った。

看準了現在正是獲利了結的好時機，而將手上的股票全部賣出。

【名詞である；形容動詞詞幹な；[形容詞・動詞]普通形】＋ばかりに。表示就是因為某事的緣故，造成後項不良結果或發生不好的事情，說話者含有後悔或遺憾的心情。

例 彼は競馬に熱中したばかりに、全財産を失った。

他就是因為沉迷於賭馬，結果傾家蕩產了。

**4**

ともなく、ともなしに
「無意地」、「下意識的」、「不知…」、「無意中…」

比較

とばかり（に）
「幾乎要說…」

【疑問詞（＋助詞）】＋ともなく、ともなしに。並不是有心想做，卻意外發生情況。無意識地做出動作或行為，含有狀態不明確的意思。

例 見るともなく、ただテレビをつけている。

只是開著電視任其播放，根本沒在看。

【名詞；簡體句】＋とばかり（に）表示心中憋著一個念頭，雖沒有說出來，但從表情、動作上已經表現出來了。

例 相手がひるんだのを見て、ここぞとばかりに反撃を始めた。

看見對手一畏縮，便抓準時機展開反擊。

**5**

ながらに、ながらのN
「邊…邊…」、「…狀（的）」

比較

のままに
「仍舊」、「老樣子」

【名詞；動詞ます形】＋ながらに、ながらの＋【名詞】。表示做某動作的狀態或情景。為「在A的狀況之下做B」的意思。

例 彼女はため息ながらに一家の窮乏ぶりを訴えた。

她嘆著氣，陳述了全家人的貧窮窘境。

【體言】＋のままに。表示過去某一狀態，到現在仍然持續不變。

例 彼はグループ総裁として、莫大な富と絶大な権力を意のままにしている。

作為集團總裁，他一直掌握著鉅額的財產和龐大的權力。

# 6

## なしに、ことなしに
「沒有…」、「不…而…」

比較

## ないで
「不…就…」

【名詞】＋なしに；【動詞辭書形】＋ことなしに。表示沒有做前項應該做的事，就做後項。

例 出版社が著者の了解なしに、勝手に本を出版した。

出版社沒有事先取得作者的同意便擅自出版了該書籍。

【動詞否定形】＋ないで。表示在沒有做前項的情況下，就做了後項的意思。

例 最近、電気を消さないで寝る人は結構多いようだ。

最近，不關燈就睡了的人似乎很多。

# 7

## に至って（は）
「到…階段（才）」、「至於」、「談到」、「雖然到了…程度」

比較

## に至っても
「雖然到了…程度」

【名詞；動詞辭書形】＋に至って（は）。表示到達某個極端的狀態。

例 会議が深夜に至っても、結論は未だに出なかった。

會議討論至深夜仍然沒能做出結論。

【名詞；動詞辭書形】＋に至っても。表示事物即使到了前項極端的階段，後項還是一樣的狀態。

例 会議が深夜に至っても、結論は出なかった。

會議討論至深夜仍然沒能做出結論。

**問題 1　次の文章を読んで、文章全体の内容を考えて、　1　から　5　の中に入る最もよいものを、1・2・3・4の中から一つ選びなさい。**

旅の楽しみ

　テレビでは、しょっちゅう旅行番組をやっている。それを見ていると、居ながらにしてどんな遠い国にも　1　。一流のカメラマンが素晴らしい景色を写して見せてくれる。旅行のための面倒な準備もいらないし、だいいち、お金がかからない。番組を見ているだけで、　2-a　その国に　2-b　気になる。

　だからわざわざ旅行には行かない、という人もいるが、私は、番組を見て旅心を誘われるほうである。その国の自然や人々の生活に関する想像が膨らみ、行ってみたいという気にさせられる。

　旅の楽しみとは、まずは、こんなことではないだろうか。心の中で想像を膨らますことだ。　3-a　その想像は美化（注1）されすぎて、実際に行ってみたらがっかりすることも　3-b　。しかし、それでもいいのだ。自分自身の目で見て、そのギャップ（注2）を実感することこそ、旅の楽しみでも　4　。

　もう一つの楽しみとは、旅先から自分の国、自分の家、自分の部屋に帰る楽しみである。帰りの飛行機に乗った途端、私は早くもそれらの楽しみを思い浮かべる。ほんの数日間離れていただけなのに、空港に降り立ったとき、日本という国のにおいや美しさがどっと身の回りに押し寄せる。家の小さな庭の草花や自分の部屋のことが心に　5　。

　帰宅すると、荷物を片付ける間ももどかしく（注3）、懐かしい自分のベッドに倒れこむ。その瞬間の嬉しさは格別である。

　旅の楽しみとは、結局、旅に行く前と帰る時の心の高揚（注4）にあるのかもしれない。

（注1）美化：実際よりも美しく素晴らしいと考えること。

（注2）ギャップ：差。

（注3）もどかしい：早くしたいとあせる気持ち。

（注4）高揚：気分が高まること。

**1**

1　行くのだ　　　　　　　　2　行くかもしれない

3　行くことができる　　　　4　行かない

**2**

1　a　まるで ／ b　行く

2　a　あたかも ／ b　行くような

3　a　または ／ b　行ったかのような

4　a　あたかも ／ b　行ったかのような

**3**

1　a　もしも ／ b　あるだろう　　　2　a　もしかしたら ／ b　あるかもしれない

3　a　もし ／ b　あるに違いない　4　a　たとえば ／　ないだろう

**4**

1　ないかもしれない　　　　　2　あるだろうか

3　あるからだ　　　　　　　　4　ないに違いない

**5**

1　浮かべる　　　　　　　　　2　浮かぶ

3　浮かばれる　　　　　　　　4　浮かべた

# 5 翻譯與解題

**問題1** 次の文章を読んで、文章全体の内容を考えて、 1 から 5 の中に入る最もよいものを、1・2・3・4の中から一つ選びなさい。

**問題1** 請於閱讀下述文章之後，就整體文章的內容作答第 1 至 5 題，並從 1・2・3・4 選項中選出一個最適合的答案。

---

### 旅の楽しみ

テレビでは、しょっちゅう旅行番組をやっている。それを見ていると、居ながらにしてどんな遠い国にも 1 。一流のカメラマンが素晴らしい景色を写して見せてくれる。旅行のための面倒な準備もいらないし、だいいち、お金がかからない。番組を見ているだけで、 2-a その国に 2-b 気になる。

だからわざわざ旅行には行かない、という人もいるが、私は、番組を見て旅心を誘われるほうである。その国の自然や人々の生活に関する想像が膨らみ、行ってみたいという気にさせられる。

旅の楽しみとは、まずは、こんなことではないだろうか。心の中で想像を膨らますことだ。 3-a その想像は美化(注1)されすぎて、実際に行ってみたらがっかりすることも 3-b 。しかし、それでもいいのだ。自分自身の目で見て、そのギャップ(注2)を実感することこそ、旅の楽しみでも 4 。

もう一つの楽しみとは、旅先から自分の国、自分の家、自分の部屋に帰る楽しみである。帰りの飛行機に乗った途端、私は早くもそれらの楽しみを思い浮かべる。ほんの数日間離れていただけなのに、空港に降り立ったとき、日本という国のにおいや美しさがどっと身の回りに押し寄せる。家の小さな庭の草花や自分の部屋のことが心に 5 。

帰宅すると、荷物を片付ける間ももどかしく(注3)、懐かしい自分のベッドに倒れこむ。その瞬間の嬉しさは格別である。

旅の楽しみとは、結局、旅に行く前と帰る時の心の高揚(注4)にあるのかもしれない。

---

（注1）美化：実際よりも美しく素晴らしいと考えること。

（注2）ギャップ：差。

（注3）もどかしい：早くしたいとあせる気持ち。

（注4）高揚：気分が高まること。

## 旅行的樂趣

電視上時常播映旅遊節目。觀賞那些節目時，儘管人在家中坐，卻 ___1___ 能夠前往任何遙遠的國度。一流的攝影師拍下壯麗的風景給我們欣賞。一來，我們不必費心準備出遊，更重要的是，完全免費。光是看著節目，就 ___2-a___ 彷彿自己也 ___2-b___ 去到了那個國家 ___2-b___ 似的。

或許有些人覺得，既然有節目播給我們看，就不必特地出門旅行了，但是我屬於看了節目以後反而勾起想前往旅遊的興致。我在腦海裡不斷想像著那個國家的自然景觀與居民生活，很想去一探究竟。

提到旅行的樂趣，我認為首先應該是這一項——在心裡不斷描繪著對於旅遊地的想像。 ___3-a___ 說不定那種想像會過度美化(注1)，實際上到了那裡一看， ___3-b___ 或許反而十分失望。不過，就算這樣也沒關係。因為親眼見證、親身體會到想像與實際之間的差距(注2)，也 ___4___ 正是旅行的樂趣之一。

至於另一項樂趣則是，從旅遊地期盼著回到自己的國家、自己的家、自己的房間。就在搭上回程飛機的剎那，我內心已經萌生對於回家的期盼了。

明明只是離家幾天而已，卻在飛機落地走進機場的那一刻，日本這個國家的氣味與美麗瞬時將我緊緊包圍，心頭頓時 ___5___ 想起家裡小院子的花草和自己的房間的影像。

一回到家裡，連解開行李都等不及(注3)，一下子就撲上自己那張思念多日的床鋪。那一瞬間的喜悅實在難以形容。

或許，旅行的樂趣在於出發前和回家時雀躍(注4)的心情吧。

（注1）美化：以為比實際狀況更加美好。

（注2）差距：雙方之間的距離。

（注3）等不及：急著趕快進行的焦躁情緒。

（注4）雀躍：情緒非常高昂。

**1**　Answer ❸

| 1 行くのだ | 2 行くかもしれない |
|---|---|
| 3 行くことができる | 4 行かない |

| 1 要去 | 2 或許能去 | 3 能夠前往 | 4 不能去 |

「居ながらにして」は、実際に行くことなく、そこに居るままで、という意味。「行くことができる」に続ける。

「居ながらにして／人在家中坐」是"實際上並沒有去、待在原地"的意思。因此後面應填入「行くことができる／能夠前往任何遙遠的國度」。

**2**　Answer ❹

| 1 a まるで ／ b 行く | 2 a あたかも ／ b 行くような |
|---|---|
| 3 a または ／ b 行ったかのような | 4 a あたかも ／ b 行ったかのような |

| 1 a 簡直是 ／ b 要去 | 2 a 彷彿 ／ b 要去似的 |
|---|---|
| 3 a 又或者 ／ b 去過了似的 | 4 a 彷彿 ／ b 去到了～似的 |

テレビの番組を見ているだけで、そこに行ったような気になる、という意味を表す表現を探す。
「まるで～行ったかのような」でもいいが、選択肢にないので、「まるで」と同じ意味の「あたかも」に変えて4「あたかも～行ったかのような」としてもよい。

要尋找表示"只要看電視節目，就感覺自己好像到了當地"意思的詞語。
也可以寫成「まるで～行ったかのような／像是去到了～似的」，但是沒有這個選項，所以要選和「まるで／像是」意思相同，從「あたかも／彷彿」轉變而成的選項4「あたかも～行ったかのような／彷彿去到了～似的」。

**3**　Answer ❷

| 1 a もしも ／ b あるだろう | 2 a もしかしたら ／ b あるかもしれない |
|---|---|
| 3 a もし ／ b あるに違いない | 4 a たとえば ／ b ないだろう |

| 1 a 萬一 ／ b 應該有吧 | 2 a 說不定 ／ b 或許反而 |
|---|---|
| 3 a 假如 ／ b 一定有 | 4 a 比如 ／ b 應該沒有 |

aとbは、呼応する関係である。正しく呼応している組み合わせは「もしかしたら〜かもしれない」である。
間違えたところをチェック！
1「もしも〜ならば」、3「もし〜しても」、4「たとえば〜のような」などと呼応する。

a和b是互相呼應的關係。正確呼應的組合是「もしかしたら〜かもしれない／說不定〜或許反而」。
檢查錯誤的地方！
選項1應寫作「もしも〜ならば／萬一〜的話」、選項3應寫作「もし〜しても／假如〜也」、選項4應寫作「たとえば〜のような／比如〜一般」，才是正確的呼應。

---

## 4

Answer **3**

| 1 ないかもしれない | 2 あるだろうか |
|---|---|
| 3 あるからだ | 4 ないに違いない |

| 1 說不定沒有 | 2 應該有吧 | 3 正是 | 4 一定沒有 |

実際に行ってみたらがっかりすることもあるかもしれないが、「それでもいいのだ」とあるので、この後の文で、その理由を表していると考えられる。したがって、理由を表す「から」が含まれている3を選ぶ。

前文提到也許實際去了會感到失望。下一句又提到「それでもいいのだ／就算這樣也沒關係」，所以後面的句子應為表示理由。因此，應選擇含有表示理由的「から／因為」的選項3。

---

## 5

Answer **2**

| 1 浮かべる | 2 浮かぶ | 3 浮かばれる | 4 浮かべた |
|---|---|---|---|
| 1 想出 | 2 想起 | 3 能擺脫困境 | 4 想出了 |

前に「自分の部屋のことが」とあるので、「心に浮かぶ」とするのが正しい。
間違えたところをチェック！
1「浮かべる」は他動詞なので、「〜が」には続かない。3受け身形「浮かばれる」は、ここの文脈に合わない。

因為前面有「自分の部屋のことが／自己的房間的影像」，所以「心に浮かぶ／心頭想起」是正確的。
檢查錯誤的地方！
因為選項1「浮かべる／想出」是他動詞，不能接在「〜が」之後。選項3「浮かば

4 前の文を見ると、「思い浮かべる」「押し寄せる」と、現在形が使われている。ここも過去形「浮かべた」ではなく、現在形にする。

れる／被漂浮」是被動式，和此處的文意不合。選項4，注意前文用的是現在式「思い浮かべる／回想起」、「押し寄せる／將我包圍」，因此這裡不用過去式「浮かべた／想出了」，而應填入現在式。

# Memo

## 1　文法闖關大挑戰

文法知多少？請完成以下題目，從選項中，選出正確答案，並完成句子。
《答案詳見右下角。》

**2**
子供たちが生き生きした顔で聞いてくれるので、話 _____ があります。
1. がい　2. よう

1. がい：有意義的…
2. ようが：不管…

**4**
不器用 _____ 、頑張って作ってみたのですが、やっぱり駄目でした。
1. なりに　2. ならでは

1. なりに：那樣…
2. ならでは：正因為…才…

**6**
汗 _____ になって畑仕事をするのが好きです。
1. ぐるみ　2. まみれ

1. ぐるみ：一起、連…
2. まみれ：沾滿…

**1**
両親 _____ の私ですから、これからも親孝行していくつもりです。
1. あって　2. からこそ

1. あって：「あっての」有了…之後才能…
2. からこそ：正因為…才…

**3**
彼女はいつも上から下までブランド _____ です。
1. だらけ　2. ずくめ

1. だらけ：全是…
2. ずくめ：清一色

**5**
お相撲さんの食べっ _____ には、驚かされました。
1. ぽい　2. ぷり

1. ぽい：看起來好像…
2. ぷり：「っぷり」…的樣子

## 2 接尾語・接頭語總整理

□ 1 あってのN
□ 2 がい
□ 3 ずくめ

□ 4 なり（に）、なりの
□ 5 ぶり、っぷり
□ 6 まみれ

## 3 文法比較 --- 接尾語・接頭語

（T-12）

### 1

#### あってのN
「有了…之後…才能…」、「沒有…就不能（沒有）…」

比較

#### からこそ
「正因為…才…」

【名詞】＋あっての＋【名詞】。表示因為有前面的事情，後面才能夠存在。若無前面條件，就無後面結果。

例 失敗あっての成功ですから、失敗を恥じなくてもよい。

有失敗才會有成功，所以即使遭遇失敗亦無需感到羞愧。

【名詞だ；形容動辭書形；[形容詞・動詞]普通形】＋からこそ。表示説話者主觀地認為事物的原因出在何處，並強調該理由是唯一的、最正確的。

例 交通が不便だからこそ、豊かな自然が残っている。

正因為那裡交通不便，才能夠保留如此豐富的自然風光。

### 2

#### がい
「有意義的…」、「值得的…」、「…有回報的」

比較

#### うが
「不管…」

【動詞ます形】＋がい。表示做這一動作是值得。也就是付出是有所回報，能得到期待的結果的。

例 やりがいがあると仕事が楽しく進む。

只要是值得去做的工作，做起來便會得心應手。

【[名詞・形容動詞]だろ／であろ；形容詞詞幹かろ；動詞意向形】＋うが。表逆接假定。後面不受前面約束，接想完成的事或決心等。

例 馬鹿と言われようが、何と言われようが、僕は彼女をあきらめない。

不管別人怎麼説，就算是被罵笨蛋，我對她也絕不死心。

# 3

### ずくめ
「清一色」、「全都是」、「淨是…」

比較

### だらけ
「全是…」

【名詞】＋ずくめ。表示身邊全是這些東西、毫不例外的意思。另也表示事情接二連三地發生之意。

例 最近はいいことずくめで、悩みなんか一つもない。

最近盡是遇到好事，沒有任何煩惱。

【名詞】＋だらけ。強調「數量過多」。也就是某範圍中，雖然不是全部，但絕大多數都是前項名詞的事物。是說話人給予負面的評價。

例 子どもは泥だらけになるまで遊んでいた。

孩子們玩到全身都是泥巴。

# 4

### なり（に）、なりの
「那般…」、「那樣…」、「這套…（表符合）」

比較

### ならでは（の）
「正因為…才」

【名詞；形容動詞詞幹；[形容詞・動詞]辭書形】＋なり（に）、なりの。根據話題中人的經驗及能力所及範圍，承認前項有所不足，做後項與之相符的行為。

例 私なりに最善を尽くすつもりです。

我自認為已經盡了全力去做。

【名詞】＋ならでは（の）。表示如果不是前項，就沒後項，正因為是這人事物才會這麼好。是高評價的表現方式。

例 田舎ならではの人情がある。

若不是在鄉間，不會有如此濃厚的人情味。

## 5

### ぶり、っぷり
「…的様子」、「…的狀態」、「…的情況」

比較

### っぽい
「看起來好像…」

【名詞；動詞ます形】＋ぶり、っぷり。表示前接體言或動詞的樣子、狀態或情況。

**例** あの人の豪快な飲みっぷりはかっこうよかった。

這個人喝起酒來十分豪爽，看起來非常有氣魄。

【名詞；動詞ます形】＋っぽい。接在名詞跟動詞連用形後面作形容詞，表示有這種感覺或有這種傾向。語氣帶有否定評價的意味。

**例** 彼は短気で、怒りっぽい性格だ。

他的個性急躁又易怒。

---

## 6

### まみれ
「沾滿…」、「滿是…」

比較

### ぐるみ
「一起」、「連…」

【名詞】＋まみれ。表示在物體的表面上，沾滿了令人不快、雜亂、負面的事物。

**例** あの仏像は何年も放っておかれたので、埃まみれだ。

那尊佛像已經放置好多年了，沾滿了灰塵。

【名詞】＋ぐるみ。表示整體、全部、全員。

**例** 強盗に身ぐるみはがされた。

被強盜洗劫一空。

**問題1　次の文章を読んで、文章全体の内容を考えて、　1　から　5　の中に入る最もよいものを、1・2・3・4の中から一つ選びなさい。**

名は体をあらわす

　日本には「名は体をあらわす」ということわざがある。人や物の名前は、その性質や内容を的確にあらわすものであるという意味である。

　物の名前については確かにそうであろう。物の名前は、その性質や働きに応じて付けられたものだからだ。

　しかし、人の名前については　1　。

　日本では、人の名前は基本的には一つだけで、生まれたときに両親によって　2-a　。両親は、生まれた子どもに対する願いを込めて名前を　2-b　。名前は両親の子どもへの初めての大切な贈り物なのだ。女の子には優しさや美しさを願う名前が付けられることが　3-a　、男の子には強さや大きさを願う名前が　3-b　。それが両親の願いだからだろう。

　したがって、その名前は必ずしも体をあらわしては　4　。特に若い頃はそうだ。

　私の名前は「明子」という。この名前には、明るく前向きな人、自分の立場や考えを明らかにできる人になって欲しいという両親の願いが込められているにちがいない。しかし、この名前は決して私の本質をあらわしてはいないと私は日頃思っている。私は、時に落ち込んで暗い気持ちになったり、自分の考えをはっきり言うのを躊躇<sup>(注)</sup>したり　5　。

　しかし、そんな時、私はふと、自分の名前に込められた両親の願いを考えるのだ。そして、「明るく、明らかな人」にならなければと反省する。そうしているうちに、いつかそれが身につき私の性格になるとすれば、その時こそ「名は体をあらわす」と言えるのかもしれない。

（注）躊躇：ためらうこと。

**1**
1　そうであろう　　　　　　2　どうだろうか

3　そうかもしれない　　　　4　どうでもよい


**2**
1　a　付けられる ／ b　付ける　　2　a　付けるはずだ ／ b　付けてもよい

3　a　付ける ／ b　付けられる　　4　a　付く ／ b　付けられる


**3**
1　a　多いので ／ b　多いかもしれない

2　a　多いが ／ b　少ない

3　a　少ないが ／ b　多くない

4　a　多いし ／ b　多い


**4**
1　いる　　　　　　　　　　2　いるかもしれない

3　いない　　　　　　　　　4　いるはずだ


**5**
1　しないからだ　　　　　　2　しがちだからだ

2　しないのだ　　　　　　　4　するに違いない

# 5 翻譯與解題

**問題1** 次の文章を読んで、文章全体の内容を考えて、 1 から 5 の中に入る最もよいものを、1・2・3・4の中から一つ選びなさい。

**問題1** 請於閱讀下述文章之後，就整體文章的內容作答第 1 至 5 題，並從1・2・3・4選項中選出一個最適合的答案。

名は体をあらわす

　日本には「名は体をあらわす」ということわざがある。人や物の名前は、その性質や内容を的確にあらわすものであるという意味である。

　物の名前については確かにそうであろう。物の名前は、その性質や働きに応じて付けられたものだからだ。

　しかし、人の名前については 1 。

　日本では、人の名前は基本的には一つだけで、生まれたときに両親によって 2-a 。両親は、生まれた子どもに対する願いを込めて名前を 2-b 。名前は両親の子どもへの初めての大切な贈り物なのだ。女の子には優しさや美しさを願う名前が付けられることが 3-a 、男の子には強さや大きさを願う名前が 3-b 。それが両親の願いだからだろう。

　したがって、その名前は必ずしも体をあらわしては 4 。特に若い頃はそうだ。

　私の名前は「明子」という。この名前には、明るく前向きな人、自分の立場や考えを明らかにできる人になって欲しいという両親の願いが込められているにちがいない。しかし、この名前は決して私の本質をあらわしてはいないと私は日頃思っている。私は、時に落ち込んで暗い気持ちになったり、自分の考えをはっきり言うのを躊躇(注)したり 5 。

　しかし、そんな時、私はふと、自分の名前に込められた両親の願いを考えるのだ。そして、「明るく、明らかな人」にならなければと反省する。そうしているうちに、いつかそれが身につき私の性格になるとすれば、その時こそ「名は体をあらわす」と言えるのかもしれない。

（注）躊躇：ためらうこと。

155

## 名副其實

日本有句諺語叫作「名副其實」，意思是人的名字或者事物的名稱，確實呈現出其性質或是內容。

以事物的名稱來說，應該是與實際狀況相符的。畢竟事物的名稱是配合它的性質或運作方式而命名的。

但是，人的名字　1　又是如何呢？

在日本，原則上每個人只有一個名字，並且是出生之後由父母　2-a　命名的。父母在為生下來的孩子　2-b　取名時，便將對孩子的期望蘊含在這個名字裡面。名字就是父母送給孩子的第一份寶貴的禮物。為女孩命名時　3-a　多半希望她長得溫柔與美麗，而為男孩命名時　3-b　多半希望他長得堅強與高壯。我想，那就是父母對孩子的期望吧。

因此，人名　4　並不一定名副其實。尤其年輕時更是如此。

我的名字是「明子」。這個名字想必意味著家父母期望我成為一個開朗進取的人，以及能夠明確主張自己的立場與想法的人。然而，我平常總覺得這個名字根本沒有反映出我的本性。　5　因為我　5　似乎有時候會沮喪而心情低落，有時候也會猶豫<sup>(注)</sup>而不敢清楚表達自己的想法。

不過，遇到那樣的時刻，我會忽然想起父母傾注在我的名字之中的期望，並且反省自己必須成為一個「開朗、明確表達想法的人」。經過這樣一次次的鍛鍊，或許等到有一天終於成為那樣的性格時，我才能抬頭挺胸地說出「名副其實」這句話。

（注）躊躇：猶豫的意思。

## 1

| 1 そうであろう | 2 どうだろうか |
|---|---|
| 3 そうかもしれない | 4 どうでもよい |
| 1 應該是那樣的吧 2 又是如何呢 | 3 或許是那樣 4 隨便怎樣都好 |

前の段落で、「物の名前について確かにそう（＝その性質や内容をあらわす）であろう」と述べているが、「しかし」人の名前については、「どうだろうか」と疑問を呈している。

前一段提到「物の名前について確かにそう（＝その性質や内容をあらわす）であろう／以事物的名稱來說，應該是這樣（＝與實際狀況相符）的」。下一段接著說「しかし／但是」人的名字，因此推測後面應該以「どうだろうか／又是如何呢」來呈現疑問。

## 2

| 1 a 付けられる ／ b 付ける | 2 a 付けるはずだ ／ b 付けてもよい |
|---|---|
| 3 a 付ける ／ b 付けられる | 4 a 付く ／ b 付けられる |
| 1 a 命（名） ／ b 取（名） | 2 a 應該命（名）才對 ／ b 取（名）也行 |
| 3 a 取（名） ／ b 命（名） | 4 a 附上（名） ／ b 命（名） |

a 「両親によって」とあるので、aには受け身の「付けられる」が入る。
b 「両親は……名前を」に続くのは「付ける」。

a 因為前面有「両親によって／由父母」，所以 a 應填入被動形的「付けられる／命名」。
b 接在「両親は……名前を／父母……（取）名」後面的應為「付ける/取」。

## 3

| 1 a 多いので ／ b 多いかもしれない | 2 a 多いが ／ b 少ない |
|---|---|
| 3 a 少ないが ／ b 多くない | 4 a 多いし ／ b 多い |
| 1 a 由於多 ／ b 或許多 | 2 a 雖然多 ／ b 少 |
| 3 a 雖然少 ／ b 不多 | 4 a 多半 ／ b 多半 |

文脈上、a・bどちらにも「多い」が入ると考えられる。したがって、「女の子には〜多いし、男の子には〜多い」という文型を当てはめればよい。

從上下文來理解，a・b都應填入「多い／多半」。因此，「女の子には〜多いし、男の子には〜多い／為女孩〜多半，而為男孩〜多半」這個句型是正確的。

---

## 4 Answer ❸

| 1 いる | 2 いるかもしれない |
|---|---|
| 3 いない | 4 いるはずだ |
| 1 有 　　　　 2 或許有 | 3 並不 　　　　 4 應該有才對 |

「必ずしも」は、後に否定の言葉が続く。したがって、3「いない」が適切。

「必ずしも／一定」後面應接否定的詞語。因此，選項3「いない／並不」是最合適的選項。

---

## 5 Answer ❷

| 1 しないからだ | 2 しがちだからだ |
|---|---|
| 3 しないのだ | 4 するに違いない |
| 1 因為沒有才這樣　 2 因為〜似乎〜 | 3 而是沒有　　　　 4 肯定是這樣 |

前の文の「この名前は決して私の本質をあらわしてはいない」の理由として「私は、時に〜たり〜たり」と述べている。したがって、2「しがちだからだ」が適切。

由於前一句提到「この名前は決して私の本質をあらわしてはいない／這個名字根本沒有反映出我的本性」，作者接著說明理由「私は、時に〜たり〜たり／我有時候會〜，也會〜」。因此選項2「しがちだからだ／容易有〜傾向」最為合適。

# 第三部
## 助動詞文型

## 1 文法闖關大挑戰

文法知多少？請完成以下題目，從選項中，選出正確答案，並完成句子。
《答案詳見右下角。》

**1**

甚大な被害が出ていることは想像に _____。
1. あたらない　2. 難くない

1. あたらない：「にあたらない」不需要…
2. 難くない：「に難くない」不難…

**2**

彼と同じポジションに就くなんて望む _____。
1. べからず　2. べくもない

1. べからず：禁止…
2. べくもない：無法…

**3**

風邪をひいて声が出ないので、話 _____ 話せない。
1. そうにも　2. に

1. そうにも：「（よ）うにも…ない」即使想…，也不能…
2. に：「に…ない」想…，卻不能…

**4**

仕事場として用いられる北の部屋は狭小。せいぜい2畳 _____ だ。
1. というところ　2. とのこと

1. というところ：「というところだ」可説…差不多
2. とのこと：「とのことだ」據説…

**5**

周囲への配慮を欠いた彼の行為は、不愉快 _____。
1. きわめない　2. きわまりない

1. きわめない：沒有這樣的表達方式。
2. きわまりない：極其…

**6** 高級ホテルに五つ星レストラン
とは、贅沢の _____。
1. きわみです　2. ことです

1. きわみです：真是…極了
2. ことです：就得…

**7** このような事態になったのは、
すべて私どもの不徳の _____
です。
1. 極み　2. 至り

1. 極み：「の極みだ」真是…極了
2. 至り：「の至りだ」真是…到了極點

**8** 彼の身勝手な言い訳は聞くに
_____。
1. たえない　2. 難くない

1. たえない：「にたえない」不堪…
2. 難くない：「に難くない」不難…

**9** 法律の改正には、国民が納得す
るに _____ 説明が必要だ。
1. 足る　2. たえる

1. 足る：「に足る」足以…
2. たえる：「にたえる」値得…

## 2 助動詞（可能・難易・程度）總整理

- □ 1 に難くない
- □ 2 べくもない
- □ 3 （よ）うにも…ない
- □ 4 というところだ、といったところだ
- □ 5 極まる、極まりない
- □ 6 の極み（だ）
- □ 7 の至り（だ）
- □ 8 にたえる、にたえない
- □ 9 に足る、に足りない

## 3 文法比較 --- 助動詞（可能・難易・程度）

T-13

**1**

### に難くない
「不難…」、「很容易就能…」

比較

### に（は）あたらない
「不需要…」

【名詞；動詞辭書形】＋に難くない。表示從某一狀況來看，不難想像，誰都能明白的意思。

例 橋造りに大変な労力と時間を要することは想像に難くない。

不難想像造橋工程必須耗費驚人的勞力與時間。

【動詞辭書形】＋に（は）あたらない。表示沒有必要做某事，那樣的反應是不恰當的。

例 この程度のできなら、称賛するに当たらない。

若是這種程度的成果，還不值得稱讚。

**2**

### べくもない
「無法…」、「無從…」、「不可能…」

比較

### べからず
「不得…」、「不能…」

【動詞辭書形】＋べくもない。表示希望的事情，由於差距太大了，當然是不可能發生的意思。

例 土地が高い都会では、家などそう簡単に手に入るべくもない。

在土地價格昂貴的城市裡，並非那麼容易可以買到房子的。

【動詞辭書形】＋べからず。表示禁止、命令。就社會認知來看，不被允許的。

例 入社式で社長が「初心忘るべからず」と題するスピーチをした。

社長在公司的迎新會上，發表了一段以「莫忘初衷」為主題的演講。

**3**

### （よ）うにも…ない
「即使想…也不能…」

比較

### に…ない
「想…」、「卻不能…」

【動詞意向形】＋（よ）うにも＋
【動詞可能形的否定形】＋ない。表
示心有餘而力不足，或是受到什麼限
制，導致想做前項的動作也辦不到。

例 彼のことは、忘れようにも忘
れられない。

就算想忘也忘不了他。

【動詞辭書形】＋に＋【動詞否定形】
＋ない。意思是想做某事也做不成。

例 電車が止まって、帰るにも帰
れない。

由於電車停駛，想回也回不去。

**4**

### というところだ、といったところだ
「可說…差不多」、「可說就
是…」、「頂多…」

比較

### とのことだ
「據說…」

【名詞；動詞辭書形；引用句子或詞
句】＋というところだ、といったと
ころだ。説明在某階段的大致情況或
程度，表示頂多只有文中所提數目而
已，最多也不會超過此數目。

例 今年の売り上げは、まあまあ
といったところだ。

年營收額還算馬馬虎虎過得去。

【簡體句】＋とのことだ。表示傳
聞。敘述從外界聽到的傳聞。直接引
用傳聞的語意很強。句尾不能變成否
定形。

例 新聞によると、またタバコが
値上げされるとのことだ。

根據新聞報導，香菸還會再漲價。

**5**

### 極まる、極まりない
「極其…」、「非常…」、「…極
了」

比較

### の極み（だ）
「真是…極了」

【形容動詞詞幹】＋極まる；【形容
詞辭書形こと；形容動詞詞幹（なこ
と）】＋極まりない。形容某事物達到
了極限，再也沒有比這更為極致了。是
説話者帶個人感情色彩的説法。

例 彼の発言は大胆極まりない。

他的言論實在狂妄至極。

【名詞】＋の極み（だ）。形容事物
達到了極高的程度。多用來表達説話
者激動時的那種心情。

例 大の大人がこんなこともでき
ないなんて、無能の極みだ。

堂堂的一個大人連這種事都做不
好，真是太沒用了。

163

**6**

| の極み（だ）<br>「真是…極了」、「十分地…」、<br>「極其…」 | 比較 | ことだ<br>「就得…」 |
|---|---|---|

【名詞】＋の極み（だ）。形容事物達到了極高的程度。多用來表達説話者激動時的那種心情。

例 世界三大珍味をいただけるなんて、贅沢の極みだ。

得以吃到世界三大珍品，實在極感奢侈之至。

【動詞辭書形；動詞否定形】＋ことだ。表示一種間接的忠告或命令。説話人忠告對方，某行為是正確的或應當的，或某情況下將更加理想。口語中多用在上司、長輩對部屬、晚輩。

例 大会に出たければ、がんばって練習することだ。

如果想出賽，就要努力練習。

**7**

| の至り（だ）<br>「真是…到了極點」、「真是…」、<br>「極其…」、「無比…」 | 比較 | の極み（だ）<br>「真是…極了」 |
|---|---|---|

【名詞】＋の至り（だ）。表示一種強烈的情感，達到最高的狀態。

例 このようなすばらしい賞をいただき、とても光栄の至りです。

能得到如此好的賞狀，委實令人感到光榮不已。

【名詞】＋の極み（だ）。形容事物達到了極高的程度。多用來表達説話者激動時的那種心情。

例 連日の残業で、疲労の極みに達している。

連日來的加班已經疲憊不堪了。

**8**

### にたえる、にたえない
「不堪…」、「忍受不住…」、「不勝…」

比較

### に難（かた）くない
「不難…」

【動詞辭書形】＋にたえる、にたえない。表示不值得這麼做，沒有這麼做的價值。

例 美（うつく）しかった森林（しんりん）が、開発（かいはつ）のためすべて切（き）り倒（たお）され、見（み）るにたえない。

原本美麗的森林，卻由於開發所需而將樹木盡數砍伐，景象不忍卒睹。

【名詞；動詞辭書形】＋に難くない。表示從某一狀況來看，不難想像，誰都能明白的意思。

例 お産（さん）の苦（くる）しみは想像（そうぞう）に難（かた）くない。

不難想像生產時的痛苦。

---

**9**

### に足（た）る、に足（た）りない
「可以…」、「足以…」、「值得…」

比較

### にたえる
「值得…」、「禁得起…」

【名詞；動詞辭書形】＋に足る、に足りない。表示很有必要做前項的價值，那樣做很恰當。

 例 友達（ともだち）は大勢（おおぜい）いますが、頼（たよ）るに足（た）る人（ひと）は彼（かれ）しかいない。

雖然有很多朋友，可是值得信賴的卻只有他一人而已。

【名詞；動詞辭書形】＋にたえる。表示可以忍受心中的不快或壓迫感，不屈服忍耐下去的意思。

例 社会（しゃかい）に出（で）たら、様々（さまざま）な困難（こんなん）にたえる神経（しんけい）が必要（ひつよう）です。

出了社會之後，就要有經得起遇到各種困難的心理準備。

**問題1 （ ）に入るのに最もよいものを、1・2・3・4から一つ選びなさい。**

1 なんとか入賞することはできたが、コンクールでの私の演奏は、満足
（　　　　）ものではなかった。

1 に足る　　　　　　　　　　　　2 に堪える

3 に得る　　　　　　　　　　　　4 による

**問題2 つぎの文の＿★＿に入る最もよいものを、1・2・3・4から一つ選びなさい。**

2 突然の事故で＿＿＿＿ ＿＿＿＿ ＿★＿ ＿＿＿＿。

1 彼女の悲しみは　　　　　　　　2 かたくない

3 想像に　　　　　　　　　　　　4 母親を失った

3 娘の好きなアニメ映画を見たが、＿＿＿＿ ＿＿＿＿ ＿★＿ ＿＿＿＿素晴
らしいものだった 。

1 鑑賞に　　　　　　　　　　　　2 大人の

3 堪える　　　　　　　　　　　　4 も

4 個人商店ですから、売り上げ＿＿＿＿ ＿＿＿＿ ＿★＿ ＿＿＿＿です 。

1 月に100万　　　　　　　　　　2 せいぜい

3 といっても　　　　　　　　　　4 といったところ

5 取材陣の＿＿＿＿ ＿＿＿＿ ＿★＿ ＿＿＿＿が集中した 。

1 態度に　　　　　　　　　　　　2 極まる

3 世間の批判が　　　　　　　　　4 失礼

問題1 　（　　）に入るのに最もよいものを、1・2・3・4から一つ選びなさい。

問題1 　請從 1・2・3・4 之中選出一個最適合填入（　　）的答案。

**1**　　　　　　　　　　　　　　　　　　　　　　　　　　　　　Answer ❶

> なんとか入賞することはできたが、コンクールでの私の演奏は、満足（　　　　）ものではなかった。
>
> 1 に足る　　　　　2 に堪える　　　　3 に得る　　　　4 による
>
> 雖然好不容易得獎了，可是我對自己在比賽中的演奏並不（足以）感到滿意。【亦即，並不滿意】
>
> 1 足以　　　　　2 值得　　　　　3 得到　　　　　4 由於

「（名詞、動詞辞書形）に足る」は、十分〜できる、という意味。例、

・安井君は私の会社の同僚で、信頼に足る男ですよ。

他の選択肢の文型もチェック：

2「（名詞、動詞辞書形）に堪える」は、〜するだけの価値がある、という意味。例、

・この雑誌は品の悪い噂話ばかりで、読むに堪えないね。

「（名詞、動詞辞書形）に足る／足以〜」是 "十分足夠〜" 的意思。例句：

・安井先生是我公司的同事，相當值得信賴喔！

檢查其他選項的文法：

選項 2「（名詞、動詞辞書形）に堪える／值得〜」是 "有做〜的價值（值得做〜）" 的意思。例句：

・這本雜誌刊登的全都是些惡意的謠言，根本不值得看嘛！

**問題2** つぎの文の___★___に入る最もよいものを、1・2・3・4から一つ選びなさい。

**問題2** 下文的___★___中該填入哪個選項，請從 1・2・3・4 之中選出一個最適合的答案。

---

**2**　　Answer **3**

突然の事故で_____ _____ ___★___ _____ 。
1　彼女の悲しみは　　2　かたくない　　3　想像に　　4　母親を失った

不難想像由於突如其來的意外而失去了母親的她有多麼悲傷。
1 她有多麼悲傷　　2 不難　　3 想像　　4 失去了母親

突然の事故で　4母親を失った　1彼女の悲しみは　3想像に　2かたくない　。

主語は助詞「は」から、1だと分かる。4が1を修飾している。「〜にかたくない（難くない）」は、見なくても分かる、と言いたいとき。

文型をチェック：
「（名詞、動詞辞書形）にかたくない」は、状況から考えて、〜することは容易にできる、という意味。「想像にかたくない」という形で使うことが多い。例、
・彼女が強い決意を持って国を出たことは想像に難くありません。

2不難　3想像　由於突如其來的意外而 4失去了母親 的 1她有多麼悲傷。

從助詞「は」來看，可知選項1是主語。選項4修飾選項1。「〜にかたくない（難くない）／不難〜（不難）」用在想表達"即使不看也知道"時。

檢查文法：
「（名詞、動詞辞書形）にかたくない／不難〜」是"從情況來看，要做到〜是很容易的"的意思。經常寫成「想像にかたくない／不難想像」的形式。例句：
・不難想像她抱著堅定的決心去了國外。

---

**3**　　Answer **4**

娘の好きなアニメ映画を見たが、_____ _____ ___★___ _____素晴らしいものだった。
1　鑑賞に　　2　大人の　　3　堪える　　4　も

我看了女兒喜歡的動畫電影，即使以成年人的眼光來看，同樣是一部相當傑出的作品。
1 的眼光來看　　2 以成年人　　3 相當　　4 同樣是

娘の好きなアニメ映画を見たが、<u>2</u>
大人の　<u>1 鑑賞</u>に　<u>4 も</u>　<u>3 堪える</u>
素晴らしいものだった。

「～に堪える」は、～する価値がある
という意味。2、1、3と並べ、「子
供の鑑賞にはもちろん、大人の鑑賞に
も」という意味で4を1と3の間に置
く。

文型をチェック：

「（名詞、動詞辞書形）に堪える」
は、～するだけの価値があるという意
味。「～に堪えない」は、酷い状態で
そうすることが我慢できないという意
味。例、

・君の言い訳は嘘ばかりで、聞くに
堪えないよ。

我看了女兒喜歡的動畫電影，即使　<u>2 以</u>
成年人　<u>1 的</u>眼光來看，<u>4 同樣是</u>　一部
<u>3 相當</u>　傑出的作品。

「～に堪える／值得～」是"值得做～"
的意思。連接選項2、1、3，要寫成「子
供の鑑賞にはもちろん、大人の鑑賞にも
／小孩就不用說了，就算以成年人的眼光
來看，同樣是」的意思，因此選項4應填
入選項1和選項3之間。

檢查文法：

「（名詞、動詞辭書形）に堪える／值得～」
是"有做～的價值"的意思。「～に堪えな
い／無法忍受～」是"在負面的狀況下，無
法忍受去做這件事"的意思。例句：

・他的辯解統統都是謊言，我再也聽不
下去了！

---

**4**

Answer ❶

個人商店ですから、売り上げ＿＿＿＿ ＿＿＿＿ ★＿＿＿ ＿＿＿＿です。
1　月に100万　　2　せいぜい　　3　といっても　　4　といったところ

畢竟是個人經營的商店，所謂營業額頂多也只有每個月100萬而已。
1 每個月100萬　　2 頂多　　3 所謂　　　　4 也只有

個人商店ですから、売り上げ　<u>3 と</u>
<u>いっても</u>　<u>2 せいぜい</u>　<u>1 月に100万</u>
<u>4 といったところ</u>　です。

2は、多くても、という意味。2と1
をつなげる。4はあまり高くない程度
を表す言い方。1の後に4を置く。
「売り上げ」の後に3を入れる。

文型をチェック：

3「（名詞、普通形）といっても」

畢竟是個人經營的商店，<u>3 所謂</u>　營業額
<u>2 頂多</u>　<u>4 也只有</u>　<u>1 每個月100萬</u>　而已。
選項2是"最多也～"的意思。將選項2和
選項1連接起來。選項4是表示程度不太高
的說法。選項1後面應接選項4。「売り上
げ／營業額」後面應填入選項3。

檢查文法：

選項3「（名詞、普通形）といっても／
雖說～，但～」是"～和想像的不一樣"

は、〜から想像されるのとは違って、という意味。例、

・イギリスに留学していました。といっても半年ですが。

4「（名詞、動詞辞書形）といったところだ」は、程度は〜以下であまり高くない、と言いたいとき。例、

・社長はあまり会社に来ません。週に2、3日といったところです。

的意思。例句：

・我曾經到英國留學，不過只去了半年而已。

選項4「（名詞、動詞辞書形）といったところだ／也只有〜」用在想表達"程度不到〜，並不是很高"時。例句：

・總經理很少進公司，頂多一星期來兩三天吧。

---

**5**

Answer ❶

取材陣の _____ _____ ★ _____ が集中した 。
1 態度に　　2 極まる　　3 世間の批判が　　4 失礼

採訪團隊當時那種極度沒有禮貌的提問態度飽受社會輿論的批評。
1 提問態度　　2 極度　　3 社會輿論的批評　　4 沒有禮貌

取材陣の　4 失礼　2 極まる　1 態度に　3 世間の批判が　集中した。
主語は、助詞「が」を伴う3。「批判が集中した」という文を加える。4と2は1の「態度」を説明している。
「取材陣」とは取材をする記者などの集団のこと。
文型をチェック：
「（な形）極まる」は、非常に〜、という意味。「（な形）極まりない」も同じ意味で使われる。例、

・学生のアルバイトとはいえ無断欠勤とは、非常識極まりないな。

採訪團隊當時那種 2 極度 4 沒有禮貌 的 1 提問態度 飽受 3 社會輿論的批評。

主詞是伴隨助詞「が」的選項3。加上「批判が集中した／飽受批評」這個句子。選項4和選項2是用來說明選項1的「態度／態度」。

「取材陣／採訪團隊」是指進行採訪的記者等團隊。

檢查文法：

「（な形）極まる／極其」是"非常〜"的意思。「（な形）極まりない／極其」也被用作同樣的意思。例句：

・雖說是學生的工讀，但是無故曠職還是太沒有常識了！

# Memo

# 02 助動詞（斷定・婉曲・感情）

## **1** 文法闖關大挑戰

文法知多少？請完成以下題目，從選項中，選出正確答案，並完成句子。
《答案詳見右下角。》

**1**
研究成果はもっと評価されて
＿＿＿＿＿。
1. やまない　2. しかるべきだ

1. やまない：「てやまない」…不已
2. しかるべきだ：「てしかるべきだ」應當…

**2**
泥酔して会見に臨むなんて、失態 ＿＿＿＿＿。
1. に過ぎない
2. でなくてなんだろう

1. に過ぎない：不過是…而已
2. でなくてなんだろう：難道不是…嗎

**3**
せっかくの提案も、企画書がよくなければ、＿＿＿＿＿ です。
1. それまで　2. だけ

1. それまで：「ばそれまでだ」…就完了
2. だけ：「だけだ」只能…

**4**
失敗したとしても、もう一度一からやり直す ＿＿＿＿＿ のことだ。
1. まで　2. こと

1. まで：「までだ」大不了…而已
2. こと：「ことだ」就得…

**5**
この状況なら、彼が当選し
＿＿＿＿＿。
1. あるともかぎらない
2. ないともかぎらない

1. あるともかぎらない：沒有這樣的表達方法。
2. ないともかぎらない：不見得不…

**6**

日本語でコミュニケーションが
とれない _____。

1. ものでもない 2. とも限らない

1. ものでもない：「ないものでもない」
   也並非不…
2. とも限らない：「ないとも限らない」
   不見得不…

**7**

うちの父は頑固 _____。

1. といったらありはしない
2. ということだ

1. といったらありはしない：…之極
2. ということだ：據説…

**8**

事件の早期解決を心から祈って
_____。

1. たまない　2. やまない

1. たまない：「てたまない」沒有這樣的
   表達方式。
2. やまない：「てやまない」…不已

**9**

あまりに残酷な事件に、憤りを
_____。

1. 余儀なくされる 2. 禁じえない

1. 余儀なくされる：「を余儀なくされる」
   不得不…
2. 禁じえない：「を禁じ得ない」不禁…

**10**

君にそう _____ よ。

1. 言われちゃかなわない
2. 言われちゃしょうがない

1. 言われちゃかなわない：「てはかなわ
   ない」…得受不了
2. 言われちゃしょうがない：「てはしょ
   うがない」沒有這樣的表達方式。正確
   應為「てしょうがない」…得不得了

答案 : (1)2 (2)2 (3)1 (4)1 (5)2
(6)1 (7)1 (8)2 (9)2 (10)1

□ 1 てしかるべきだ
□ 2 でなくてなんだろう
□ 3 ばそれまでだ、たらそれまでだ
□ 4 までだ、（た）までのことだ
□ 5 ないとも限らない

□ 6 ないものでもない、なくもない
□ 7 （とい）ったらありはしない
□ 8 てやまない
□ 9 を禁じえない
□ 10 てはかなわない、てはたまらない

**3** 文法比較 --- 助動詞（斷定・婉曲・感情） T-14

**1**

## てしかるべきだ
「應當…」、「理應…」

比較

## てやまない
「…不已」

【[形容詞・動詞]て形】＋しかるべきだ；【形容動詞詞幹で】＋しかるべきだ。表示那樣做是恰當的、應當的。用適當的方法來解決事情。

例 所得が低い人には、税金の負担を軽くするなどの措置がとられてしかるべきだ。

應該實施減輕所得較低者之税負的措施。

【動詞て形】＋やまない。接在感情動詞後面，表示發自內心的感情，且那種感情一直持續著。

例 彼の態度に、怒りを覚えてやまない。

對他的態度感到很火大。

**2**

## でなくてなんだろう
「難道不是…嗎」、「不是…又是什麼呢」

比較

## に過ぎない
「不過是…而已」

【名詞】＋でなくてなんだろう。用反問「這不是…是什麼」的方式，強調出「這正是所謂的…」的語感。

例 賞味期限を改ざんするなんて、悪徳商法でなくてなんだろう。

竟然擅改商品上標示的食用期限，這根本就是惡質廠商嘛！

【名詞；形容動詞詞幹である；[形容詞・動詞]普通形】＋に過ぎない。表示某事態程度有限。

例 これは少年犯罪の一例にすぎない。

這只不過是青少年犯案中的一個案例而已。

**3**

## ばそれまでだ、たらそれまでだ
「…就完了」、「…就到此結束」　比較

【動詞假定形】＋ばそれまでだ、たらそれまでだ。表示一旦發生前項情況，那麼就到此結束，一切都是徒勞無功之意。

例 立派な家も火事が起こればそれまでだ。

即使是蓋得美侖美奐的房屋，一旦發生火災也只能化為灰燼。

## だけだ
「只能…」

【名詞；形容動詞詞幹；[形容詞・動詞]辭書形】＋だけだ。表示只有這唯一可行的，沒有別的選擇，或沒有其它的可能性。

例 できる限りのことはした。あとは運を天にまかせるだけだ。

我們已經盡全力了。剩下的只能請老天保佑了。

**4**

## までだ、（た）までのことだ
「大不了…而已」、「也就是…」、「純粹是…」　比較

【動詞辭書形；動詞た形；それ；これ】＋までだ、（た）までのことだ。表示現在的方法即使不行，也不沮喪，再採取別的方法。

例 和解できないなら訴訟を起こすまでだ。

如果沒辦法和解，大不了就告上法院啊！

## ことだ
「就得…」

【動詞辭書形；動詞否定形】＋ことだ。表示一種間接的忠告或命令。説話人忠告對方，某行為是正確的或應當的，或某情況下將更加理想。口語中多用在上司、長輩對部屬、晚輩。

例 文句があるなら、はっきり言うことだ。

如果有什麼不滿，最好要説清楚。

**5**

<table>
<tr>
<td>

### ないとも限らない
「不見得不…」、「未必不…」、
「也許會…」

</td>
<td>比較</td>
<td>

### ないかぎり
「只要不…就…」

</td>
</tr>
</table>

【名詞で；[形容詞・動詞]否定形】＋
ないとも限らない。表示並非百分之百
會那樣。一般用在說話者擔心會發生什
麼事，覺得採取某些因應對策較好。

例 習慣や考え方は人によって異
なるので、自分にとっての常
識は他人にとっての非常識で
ないともかぎらない。

儘管習慣或想法因人而異，但最低
限度是千萬不可因為自認為的理所
當然，而造成了他人的極度困擾。

【動詞否定形】＋ないかぎり。表示
只要某狀態不發生變化，結果就不會
有變化。含有如果狀態發生變化了，
結果也會有變化的可能性。

例 犯人が逮捕されないかぎり、
私たちは安心できない。

只要沒有逮捕到犯人，我們就無法
安心。

---

**6**

<table>
<tr>
<td>

### ないものでもない、なくもない
「也並非不…」、「不是不…」、「也
許會…」

</td>
<td>比較</td>
<td>

### ないとも限らない
「也並非不…」、「不是不…」

</td>
</tr>
</table>

【動詞否定形】＋ないものでもな
い、なくもない。表示依後續周圍的
情勢發展，有可能會變成那樣、可以
那樣做的意思。

例 この量なら夜を徹して行えば、終
わらせられないものでもない。

如果是這樣的工作份量，只要通宵
趕工應該可以完成。

【名詞で；[形容詞・動詞]否定形】＋
ないとも限らない。表示並非百分之百
會那樣。一般用在說話者擔心會發生什
麼事，覺得採取某些因應對策較好。

例 火災にならないとも限らない
から、注意してください。

我並不能保證不會造成火災，請您
們要多加小心。

# 7

## といったらありはしない
「…之極」、「極其…」、「沒有比…更…的了」

比較

## ということだ
「據說…」

【名詞；形容詞辭書形；形容動詞詞幹】＋（とい）ったらありはしない。強調某事物的程度是極端的，極端到無法形容、無法描寫。

例 倒れても倒れてもあきらめず、彼はしぶといといったらありはしない。

無論跌倒了多少次依舊堅強地不放棄，他的堅韌精神令人感佩。

【簡體句】＋ということだ。表示傳聞。從某特定的人或外界獲取的傳聞。

例 田中さんは、大学入試を受けるということだ。

聽說田中先生要考大學。

# 8

## てやまない
「…不已」、「一直…」

比較

## てたまらない
「…得不得了」

【動詞て形】＋やまない。接在感情動詞後面，表示發自內心的感情，且那種感情一直持續著。

例 兵士が無事に帰国することを願ってやまない。

由衷祈求士兵們能夠平安歸國。

【［形容詞・動詞］て形】＋たまらない；【形容動詞詞幹で】＋たまらない。前接表示感覺、感情的詞，表示說話人強烈的感情、感覺、慾望等。

例 勉強が辛くてたまらない。

書唸得痛苦不堪。

# 9

## を禁じえない
「不禁…」、「禁不住就…」、「忍不住…」

比較

## を余儀なくされる
「不得不…」

【名詞】＋を禁じえない。表示面對某種情景，心中自然而然產生的，難以抑制的心情。

例 欲しいものを全て手にした彼に対し、嫉妬を禁じえない。

他要什麼就有什麼，不禁令人感到嫉妒。

【名詞】＋を余儀なくされる。因為大自然或環境等，個人能力所不能及的強大力量，不得已被迫做後項。

例 機体に異常が発生したため、緊急着陸を余儀なくされた。

因為飛機機身發生了異常，逼不得已只能緊急迫降了。

## 10

<table>
<tr><td>

**てはかなわない、
てはたまらない**

「…得受不了」、「…得要命」、
「…得吃不消」

</td><td>比較</td><td>

**てはたまらない**

「（的話）可受不了…」

</td></tr>
</table>

【形容詞て形；動詞て形】＋はかなわない、はたまらない。表示負擔過重，無法應付。是種動作主體主觀上無法忍受的表現。

【形容詞て形；動詞て形】＋はたまらない。意思跟「てはかなわない」一樣，表示照此狀態下去不堪忍耐，不能忍受。

**例** おもしろいと言われたからと言って、同じ冗談を何度も聞かされちゃかなわない。

雖説他説的笑話很有趣，可是重複聽了好幾次實在讓人受不了。

**例** 今日は合コンなんだから、残業させられてはたまらない。

今天可是聯誼日，要是被迫加班，那還得了啊！

**問題１** 次の文章を読んで、文章全体の内容を考えて、 1 から 5 の中に入る最もよいものを、１・２・３・４の中から一つ選びなさい。

暦

　　昔の暦は、自然と人々の暮らしとを結びつけるものであった。新月<sup>(注1)</sup>が満ちて欠けるまでをひと月としたのが太陰暦、地球が太陽を一周する期間を１年とするのが太陽暦。その両方を組み合わせたものを太陰太陽暦（旧暦）といった。

　　旧暦に基づけば、１年に 11 日ほどのずれが生じる。それを　1　数年に一度、13 か月ある年を作っていた。　2-a　、そうすると、暦と実際の季節がずれてしまい、生活上大変不便なことが生じる。　2-b　考え出されたのが「二十四節気」「七十二候」という区分である。二十四節気は、一年を二十四等分に区切ったもの、つまり、約 15 日。「七十二候」は、それをさらに三等分にしたもので、　3-a　古代中国で　3-b　ものである。七十二候の方は、江戸時代<sup>(注2)</sup>に日本の暦学者によって、日本の気候風土に合うように改訂されたものである。ちなみに「気候」という言葉は、「二十四節気」の「気」と、「七十二候」の「候」が組み合わさって出来た言葉だそうである。

　　「二十四節気」「七十二候」によれば、例えば、春の第一節気は「立春」、暦の上では春の始まりだ。その第１候は「東風氷を解く」、第２候は「うぐいすなく」、第３候は「魚氷を上る」という。どれも、短い言葉でその季節の特徴をよく言い表している。

　　現在使われているのはグレゴリオ暦で、単に太陽暦（新暦）といっている。この　4　では、例えば「３月５日」のように、月と日にちを数字で表す単純なものだが、たまに旧暦の「二十四節気」「七十二候」に目を向けてみて、自然に密着<sup>(注3)</sup>した日本人の生活や美意識<sup>(注4)</sup>を再認識してみたいものだ。それに、昔の人の知恵が、現代の生活に　5　とも限らない。

（注1）新月：陰暦で、月の初めに出る細い月。
（注2）江戸時代：1603 年〜 1867 年。徳川幕府が政権を握っていた時代。
（注3）密着：ぴったりとくっついていること。
（注4）美意識：美しさを感じ取る感覚。

**1**
1 解決するのは 2 解決するために
3 解決しても 4 解決しなければ

**2**
1 a それで ／ b しかし 2 a ところで ／ b つまり
3 a しかし ／ b そこで 4 a だが ／ b ところが

**3**
1 a もとは ／ b 組み合わせた 2 a 最近 ／ b 考え出された
3 a 昔から ／ b 考えられる 4 a もともと ／ b 考え出された

**4**
1 旧暦 2 新月
3 新暦 4 太陰太陽暦

**5**
1 役に立たない 2 役に立つ
3 役に立たされる 4 役に立つかもしれない

問題1　次の文章を読んで、文章全体の内容を考えて、　1　から　5　の
　　　　中に入る最もよいものを、1・2・3・4の中から一つ選びなさい。

問題1　請於閱讀下述文章之後，就整體文章的內容作答第　1　至　5　題，
　　　　並從1・2・3・4選項中選出一個最適合的答案。

---

暦

　昔の暦は、自然と人々の暮らしとを結びつけるものであった。新月(注1)が満
ちて欠けるまでをひと月としたのが太陰暦、地球が太陽を一周する期間を1年と
するのが太陽暦。その両方を組み合わせたものを太陰太陽暦（旧暦）といった。

　旧暦に基づけば、1年に11日ほどのずれが生じる。それを　1　、
数年に一度、13か月ある年を作っていた。　2-a　、そうすると、暦と
実際の季節がずれてしまい、生活上大変不便なことが生じる。　2-b
考え出されたのが「二十四節気」「七十二候」という区分である。
二十四節気は、一年を二十四等分に区切ったもの、つまり、約15日。
「七十二候」は、それをさらに三等分にしたもので、　3-a　古代中国
で　3-b　ものである。七十二候の方は、江戸時代(注2)に日本の暦学
者によって、日本の気候風土に合うように改訂されたものである。ち
なみに「気候」という言葉は、「二十四節気」の「気」と、「七十二
候」の「候」が組み合わさって出来た言葉だそうである。

　「二十四節気」「七十二候」によれば、例えば、春の第一節気は
「立春」、暦の上では春の始まりだ。その第1候は「東風氷を解く」、
第2候は「うぐいすなく」、第3候は「魚氷を上る」という。どれも、
短い言葉でその季節の特徴をよく言い表している。

　現在使われているのはグレゴリオ暦で、単に太陽暦（新暦）といっている。
この　4　では、例えば「3月5日」のように、月と日にちを数字で
表す単純なものだが、たまに旧暦の「二十四節気」「七十二候」に目を
向けてみて、自然に密着(注3)した日本人の生活や美意識(注4)を再認識し
てみたいものだ。それに、昔の人の知恵が、現代の生活に　5　とも
限らない。

---

（注1）新月：陰暦で、月の初めに出る細い月。
（注2）江戸時代：1603年～1867年。徳川幕府が政権を握っていた時代。
（注3）密着：ぴったりとくっついていること。
（注4）美意識：美しさを感じ取る感覚。

# 曆法

　　從前的曆法，自然界和人類的生活是結合在一起的。把從新月<sup>(注1)</sup>變成滿月又回到新月的時間訂為一個月的是太陰曆，而將地球繞行太陽一圈的時間訂為一年的則是太陽曆。如果把這兩種結合起來，就叫作太陰太陽曆（舊曆）。

　　倘若依據舊曆，一年會產生 11 天左右的偏差，　**1**　為求解決這個問題，於是規定每隔幾年就有一年是 13 個月。　**2-a**　然而如此一來，曆法和實際的季節之間就會出現落差，造成生活上極大的不便，　**2-b**　因此又想出了「二十四節氣」與「七十二候」的劃分方式。二十四節氣是把一年劃分成二十四等分，也就是每一等分大約為 15 天；七十二候則是再把每一等分進一步細分成三等分，而這種方式　**3-a**　最早是在中國古代　**3-b**　所想出來的辦法。並且，七十二候曾於江戶時代<sup>(注2)</sup>由日本的曆法學家配合日本的氣候風土予以修訂完成。順帶一提，據說「氣候」這個詞彙是由「二十四節氣」的「氣」加上「七十二候」的「候」組合而成的。

　　依據「二十四節氣」與「七十二候」來看，舉例而言，春天的第一個節氣是「立春」，在曆法上為春天的起始，而初候為「東風解凍」，二候為「蟄蟲始振」，三候為「魚陟負冰」，每一候都是以簡短的言詞充分表達出該季節的特徵。

　　至於現在使用的曆法叫作公曆，或者可以稱為太陽曆（新曆）。

　　這種　**4**　新曆單純使用的數字來表示月日，例如「3 月 5 日」。偶爾翻閱舊曆「二十四節氣」與「七十二候」的時候，總讓人想進一步了解過去日本人那種與自然界緊密相依<sup>(注3)</sup>的生活以及美感<sup>(注4)</sup>。況且，古人的智慧未必　**5**　不能對現代生活　**5**　有所助益。

---

（注1）新月：依照陰曆，月亮在每個月初剛開始出現時細細的樣子。

（注2）江戶時代：1603 年～ 1867 年，由德川幕府掌握政權的時代。

（注3）緊密相依：緊緊依偎在一起的意思。

（注4）美感：對於美學的感受。

**1**　Answer ❷

| 1 解決するのは | 2 解決するために | 3 解決しても | 4 解決しなければ |
|---|---|---|---|
| 1 要想解決是 | 2 為求解決 | 3 即使解決也 | 4 必須解決才行 |

　　**1**　の前の「それ」は、前の「1年に11日ほどのずれが生じること」。数年に一度、13か月ある年を作れば、「それ」が解決される。つまり、　**1**　には、「解決するために」が入る。

　　**1**　前面的「それ／這個問題」是上一句的「1年に11日ほどのずれが生じること／一年會產生11天左右的偏差」。讓數年一次一年13個月，就能解決「それ／這個問題」。也就是說，　**1**　應填入「解決するために／為求解決」。

**2**　Answer ❸

| 1 a それで ／ b しかし | 2 a ところで ／ b つまり |
|---|---|
| 3 a しかし ／ b そこで | 4 a だが ／ b ところが |
| 1 a 所以才 ／ b 可是 | 2 a 即使 ／ b 換言之 |
| 3 a 然而 ／ b 因此 | 4 a 然而 ／ b 但是 |

1年に11日ほどのずれを解決するために数年に一度13か月ある年をつくっていた→しかし、そうすると、暦と実際の季節がずれてしまい、不便だ→そこで、考え出されてのが……という区分だ、という文脈である。

文章脈絡是：為了解決一年有11天左右的偏差，讓數年一次一年13個月→但是如此一來，月曆上的日期和實際的季節就有了差異，很不方便→於是便想出了……這樣的區分方式。

**3**　Answer ❹

| 1 a もとは ／ b 組み合わせた | 2 a 最近 ／ b 考え出された |
|---|---|
| 3 a 昔から ／ b 考えられる | 4 a もともと ／ b 考え出された |
| 1 a 原本是 ／ b 組合起來的 | 2 a 最近 ／ b 所想出來的 |
| 3 a 從以前 ／ b 可以想見 | 4 a 最早 ／ b 所想出來的 |

実際にa・bに言葉を入れて確かめてみよう。
「『七十二候』は、……a もともと古代中国でb 考え出されたものである。」という言葉を入れると意味が通じる。
間違えたところをチェック！
1「組み合わせた」が、2「最近」が、3 a・b どちらも間違っている。

把選項實際代入 a 和 b 確認看看吧！
「『七十二候』は、……a もともと古代中国でb 考え出されたものである／『七十二候』則是……a 最早是在中國古代 b 所想出來的辦法」填入這兩個詞語後，句子就說得通了。
檢查錯誤的選項！
選項 1 的「組み合わせた／組合起來的」、選項 2 的「最近／最近」、選項 3 的 a 和 b 填入句子都不正確。

---

**4**  Answer **③**

| 1 旧暦 | 2 新月 | 3 新暦 | 4 太陰太陽暦 |
|---|---|---|---|
| 1 舊曆 | 2 新月 | 3 新曆 | 4 太陰太陽曆 |

直前に「単に太陽暦（新暦）といっている。」とあり、続けて「この」とあるので、「この」は「太陽暦」を指しているが、選択肢にないので、「太陽暦」を言い換えた「新暦」が適当。

前一句提到「単に太陽暦（新暦）といっている。／可以稱為太陽曆（新曆）」，接著提到「この／這種」，因此「この／這種」指的是「太陽曆／太陽曆」，但因為沒有這個選項，所以「太陽曆／太陽曆」的另一個說法「新曆／新曆」是正確答案。

---

**5**  Answer **①**

| 1 役に立たない | 2 役に立つ | 3 役に立たされる | 4 役に立つかもしれない |
|---|---|---|---|
| 1 不能有所助益 | 2 有所助益 | 3 被有所助益 | 4 或許會有所助益 |

昔の人の知恵が現代の生活にも役に立つということを「役に立たないとも限らない」と言い換えている。
間違えたところをチェック！
2「役に立つとも限らない」は役に立たないということ。
3・4は「とも限らない」に続かない。

前人的智慧對現代的生活仍有益處，換句話說就是「役に立たないとも限らない／不一定沒有用」。
檢查錯誤的地方！
選項 2「役に立つとも限らない／不一定有用」是沒有用處的意思。
選項 3 和選項 4 後面不會接「とも限らない／不一定」。

# Memo

# Chapter 03　助動詞（意志・義務・不必要）

## 1 文法闖關大挑戰

文法知多少？請完成以下題目，從選項中，選出正確答案，並完成句子。
《答案詳見右下角。》

**1** 謝って ＿＿＿＿ なら警察も裁判所もいらない。
1. はいけない　2. 済む

1. はいけない：「てはいけない」不准…
2. 済む：「て済む」…就行了

**2** 今度こそ、本当のことを言わせ＿＿＿＿ ぞ。
1. ないではおかない
2. ないにはいられない

1. ないではおかない：不能不…
2. ないにはいられない：不得不…

**3** 君のせいでこんな状態になって、謝ら＿＿＿＿ だろう。
1. ないじゃおかない
2. ずにはすまない

1. ないじゃおかない：不能不…
2. ずにはすまない：不能不…

**4** 予算不足は、夏祭りの計画変更を＿＿＿＿。
1. 余儀なくさせた
2. 余儀なくされた

1. 余儀なくさせた：「を余儀なくさせる」必須…
2. 余儀なくされた：「を余儀なくされる」不得不…

**5** 選手以外の者はキャンパスに入る＿＿＿＿！
1. べきだ　2. べからず

1. べきだ：應當…
2. べからず：不得…

**6**

イライラしたときこそ努めて冷静に、客観的に自分を見つめる_____。

1. べし　2. べからざる

1. べし：應該…
2. べからざる：禁止…

**7**

生徒を殴って大けがをさせるなんて、教師にある_____行為だ。

1. まじき　2. べし

1. まじき：不該有的…
2. べし：應該…

**8**

無視という行為はいじめ_____のでしょうか？

1. には当たらない　2. に足りない

1. には当たらない：不需要…
2. に足りない：可以…

**9**

今すぐ返事する_____が、よく考えてから返事してください。

1. までもありません
2. には及びません

1. までもありません：用不著…
2. には及びません：不必…

**10**

信号の色の基礎知識。ここでは、改めて_____。

1. ものではない
2. いうまでもない

1. ものではない：不要…
2. いうまでもない：「まで（のこと）もない」用不著…

□ 1 て済む、ないで済む、ずに済む
□ 2 ないではおかない、ずにはおかない
□ 3 ないでは済まない、ずには済まない
□ 4 を余儀なくさせる
□ 5 べからず、べからざるN

□ 6 べし
□ 7 まじ、まじきN
□ 8 に（は）当たらない
□ 9 には及ばない
□ 10 まで（のこと）もない

**3** 文法比較 --- 助動詞（意志・義務・不必要）　（T-15）

**1**

**て済む、ないで済む、ずに済む**
「…就行了」、「…就可以解決／
不…也行」、「用不着…」

比較

**てはいけない**
「不准…」

【名詞で；形容詞て形；動詞て形】＋て
済む；【動詞否定形】＋ないで済む；
【動詞否定形（去ない）】＋ずに済
む。表示不這樣做，也可以解決問題，
或避免了原本預測會發生的不好的事。

例 友だちが、余っていたコンサー
トの券を1枚くれた。それで、
私は券を買わずにすんだ。

朋友給了我一張多出來的演唱會的
入場券，我才得以不用買入場券。

【動詞て形】＋はいけない。根據規則
或一般的道德，不能做前項，是間接的
表現。也表示根據某種理由、規則，直
接告知聽話人不能做前項事情。

例 ベルが鳴るまで、テストを始
めてはいけません。

在鈴聲響起前不能動筆作答。

**2**

**ないではおかない、ずにはおかない**
「不能不…」、「必須…」、「一定
要…」、「勢必…」

比較

**ずにはいられない**
「不得不…」

【動詞否定形（去ない）】＋ないでは
おかない、ずにはおかない。由於外部
的強力，使某種行為，沒辦法靠自己
的意志控制，自然而然地就發生了。

例 彼の歌は聴く者を感動させず
にはおかない。

沒有人在聽了他的歌以後不受到感
動的。

【動詞否定形（去ない）】＋ずにはい
られない。表示自己的意志無法克制，
情不自禁地做某事，為書面用語。

例 すばらしい風景を見ると、写真
を撮らずにはいられません。

一看到美麗的風景，就禁不住想拍
照。

**3**

### ないでは済まない、ずには済まない、なしでは済まない
「不能不…」、「非…不可」

比較

### ないではおかない
「不能不…」

【動詞否定形】＋ないでは済まない；【動詞否定形（去ない）】＋ずには済まない（前接サ行變格動詞時，用「せずには済まない」）；【名詞】＋なしでは済まない。表示考慮到當時的情況、社會的規則等，是不被原諒的、無法解決問題的。

**例** 金を借りといて、返せないじゃ済まないよ。

向別人借了錢，怎能說還不出來呢？

【動詞否定形（去ない）】＋ないではおかない。表達個人的決心、意志，含有主動的「不做到某事絕不罷休」的語感。

**例** 週末のデート、どうだった？白状させないではおかないよ。

上週末的約會如何？我可不許你不從實招來喔！

---

**4**

### を余儀なくさせる
「勢必…」、「必須…」

比較

### を余儀なくされる
「只得…」

【名詞】＋を余儀なくさせる。表示情況已經到了沒有選擇的餘地，必須那麼做。

**例** 商品の汚染は、販売停止を余儀なくさせる。

商品受到污染使其不得不停止販售。

【名詞】＋を余儀なくされる。因為大自然或環境等，個人能力所不能及的強大力量，不得已被迫做後項。

**例** 機体に異常が発生したため、緊急着陸を余儀なくされた。

因為飛機機身發生了異常，逼不得已只能緊急迫降了。

## 5

### べからず、べからざるN
「不得…」、「禁止…」、「勿…」、「莫…」

比較

### べきだ
「必須…」、「應當…」

【動詞辭書形】＋べからず、べからざる＋【名詞】。表示禁止、命令。就社會認知來看，不被允許的。

**例** 公園内の看板には「花を採るべからず」と書かれている。

公園裡的告示板上註明「禁止摘花」。

【動詞辭書形】＋べきだ。表示那樣做是應該的、正確的。常用在勸告、禁止及命令的場合。是一種比較客觀或原則的判斷。

**例** 学生は、勉強していろいろなことを吸収するべきだ。

學生應該好好學習，以吸收各種知識。

## 6

### べし
「應該…」、「必須…」、「值得…」

比較

### べからざるN
「禁止…」

【動詞辭書形】＋べし。表示說話者從道理上考慮，覺得那樣做是應該的，理所當然的。

**例** 親たる者、子どもの弁当ぐらい自分でつくるべし。

親自為孩子做便當是父母責無旁貸的義務。

【動詞辭書形】＋べからざる＋【名詞】。表示禁止、命令。後接的名詞是指不允許做前面行為、事態的對象。

**例** 経営者として欠くべからざる要素はなんであろうか。

什麼是做為一個經營者不可欠缺的要素呢？

## 7

### まじ、まじきN
「不該有的…」、「不該出現的…」

比較

### べし
「應該…，必須…」

【動詞辭書形】＋まじ；【動詞辭書形】＋まじき＋【名詞】。前接指責的對象，指責話題中人物的行為，不符其身份、資格或立場。

**例** 加工日を改ざんするなんて、高級料亭としてあるまじきことだ。

高級日式餐廳竟然做出竄改食物加工製造日期的舉措，實在不可饒恕。

【動詞辭書形】＋べし。表示說話者從道理上考慮，覺得那樣做是應該的，理所當然的。

**例** 明日は朝早いから、今日はもう寝るべし。

明天要早起，所以現在該睡了。

**8**

### に（は）当たらない
「不需要…」、「不必…」、「用不著…」、「不相當於…」

比較

### に足りない
「不足以…」

【動詞辭書形】＋に（は）当たらない；【名詞】＋に（は）当たらない。表示沒有必要做某事，那樣的反應是不恰當的。接名詞時，則表示「不相當於…」。

例 その程度のことで驚くには当たらない。

區區這種程度的小事，沒什麼好大驚小怪的。

【名詞；動詞辭書形】＋に足りない。表示沒有那麼做的價值。

例 斎藤なんか、恐れるに足りない。

區區一個齋藤根本不足為懼。

---

**9**

### には及ばない
「不必…」、「用不著…」、「不值得…」

比較

### まで（のこと）もない
「用不著…」

【名詞；動詞辭書形】＋には及ばない。表示沒必要做某事，那樣做不恰當、不得要領。

例 息子の怪我については、今のところご心配には及ばない。

我兒子的傷勢目前暫時穩定下來了，請大家不用擔心。

【動詞辭書形】＋まで（のこと）もない。表示沒必要做到前項那種程度。含有事情已經很清楚，再説或做也沒有意義。

例 そのくらい、いちいち上に報告するまでのこともない。

那種小事，根本用不著向上級逐一報告。

---

**10**

### まで（のこと）もない
「用不著…」、「不必…」、「不必説…」

比較

### ものではない
「不要…」

【動詞辭書形】＋まで（のこと）もない。表示沒必要做到前項那種程度。含有事情已經很清楚，再説或做也沒有意義。

例 見れば分かりますから、わざわざ説明するまでもない。

看了就知道，用不著特意解釋。

【形容動詞詞幹な；[形容詞・動詞]辭書形】＋ものではない。表示不應如此。

例 食べ物を残すものではない。

食物不可以沒吃完！

**問題1 （ ）に入るのに最もよいものを、1・2・3・4から一つ選びなさい。**

1 台風が接近しているそうだ。明日の登山は中止（ 　　 ）。

  1 するわけにはいかない 　　　　 2 せざるを得ない

  3 せずにすむ 　　　　　　　　　 4 せずにはおけない

2 子どものいじめを見て見ぬふりをするとは、教育者に（ 　　 ）行為だ。

  1 足る 　　　　　　　　　　　　 2 あるまじき

  3 堪えない 　　　　　　　　　　 4 に至る

3 企業の海外進出により、国内の産業は衰退を余儀なく（ 　　 ）。

  1 されている 　　　　　　　　　 2 させている

  3 している 　　　　　　　　　　 4 させられている

4 政府が対応を誤ったために、被害が拡大した。これが人災（ 　　 ）。

  1 であろうはずがない 　　　　　 2 といったところだ

  3 には当たらない 　　　　　　　 4 でなくてなんであろう

**問題2 つぎの文の＿★＿に入る最もよいものを、1・2・3・4から一つ えらびなさい。**

5 彼が＿＿＿＿ ＿＿＿＿ ＿★＿ ＿＿＿＿なかった 。

  1 ことは 　　　　　　　　　　　 2 までも

  3 がっかりしている 　　　　　　 4 見る

# **5** 翻譯與解題

**問題1**　（　　）に入るのに最もよいものを、1・2・3・4から一つ選びなさい。

**問題1**　請從 1・2・3・4 之中選出一個最適合填入（　　）的答案。

---

**1**　　　　　　　　　　　　　　　　　　　　　　　　　　　Answer **②**

台風が接近しているそうだ。明日の登山は中止（　　　　）。

1　するわけにはいかない　　　　　　　2　せざるを得ない

3　せずにすむ　　　　　　　　　　　　4　せずにはおけない

聽說颱風即將登陸。明天的登山活動（不得不）取消。

1 總不能　　　　2 不得不　　　　3 得以逃過一劫　　　　4 無法那樣做

---

「中止する」という意味になる選択肢を選ぶ。「〜ざるを得ない」は、そうしたくないが、事情があって仕方なくそうする、と言いたいとき。例、

・この学生は、面接の印象はよかったが、テストの点数がこんなに悪いのでは、落とさざるを得ない。

文型は「（動詞ない形）ざるを得ない」だが、「する」は例外で「せざるを得ない」となる。

他の選択肢の文型もチェック：

1「（動詞辞書形）わけにはいかない」は、社会的、心理的理由からできない、と言いたいとき。例、

・友達と約束をしたので、話すわけにはいかない。

3「（動詞ない形）ずにすむ」は、〜しなくてもよい、という意味。例、

・保険に入っていたので、治療費は払わずにすんで、助かった。

4「（動詞ない形）ずにはおけない」は、〜しないことは許せない、必ず〜する、という意味。例、

要選有「中止する／取消」意思的選項。「〜ざるを得ない／不得不〜」用在想表達"我並不想這樣，但因為某個原因所以沒有辦法"時。例句：

・這個學生面試時給人的印象不錯，可惜筆試分數太糟糕了，不得不刷掉他。

句型是「（動詞ない形）ざるを得ない／不得不」，但「する／做」是例外，必須寫作「せざるを得ない／不得不做」。

檢查其他選項的文法：

選項1「（動詞辞書形）わけにはいかない／不可以」用在想表達"由社會角度或心理因素而無法做到"時。例句：

・我已經答應朋友絕對不告訴任何人了，所以不可以講給你聽。

選項3，「（動詞ない形）ずにすむ／不…也行」用在想表達"不做〜也沒關係"時。例句：

・多虧已經投保才不必付治療費用，省了一筆支出。

選項4，「（動詞ない形）ずにはおけない／不能不〜」是"不〜就是無法原諒、

---

・不良品を高く売るようなやり方
は、罰せずにはおけない。
※3、4も、「する」に否定の「～ず
（に）」がつくとき、「しず（に）」
ではなく「せず（に）」となる。

一定要這麼做"的意思。例句：

・將瑕疵品以高價售出的行徑，非得處
以重罰才行！

※ 選項3、選項4，「する／做」後面接
否定的「～ず（に）／不～」時，不會寫「し
ず（に）」，而應寫作「せず（に）／不」。

---

**2**　Answer **②**

子どものいじめを見て見ぬふりをするとは、教育者に（　　　）行為だ。
1 足る　　　　　2 あるまじき　　3 堪えない　　　4 に至る

身為教育界人士，對孩童的霸凌行為視而不見是（絕不容許）的行為。
1值得　　　　　2絕不容許　　　　3難以承受　　　　4至於

---

「（動詞辞書形）まじき（名詞）」は、
そのような立場で、また道徳的に、～
してはいけない、という意味。硬い言
い方。例、

・金のために必要のない手術をする
とは、医者として許すまじき犯罪
行為だ。

※「～とは」は、～は驚きだ、～は呆
れた、などと言いたいとき。
問題文の「見て見ぬふり」は、見てい
るのに見ていないような様子をするこ
と。
他の選択肢の文型もチェック：
1「（動詞辞書形、名詞）に足る」
は、～が十分できる、という意味。
例、

・彼は信頼するに足る人物だ。
3「（動詞辞書形、名詞）に堪えない」
は、～が我慢できない、～する価値が

「（動詞辞書形）まじき（名詞）／絕不
容許」是"站在這個立場、或以道德角
度，～是不被允許的"的意思。是生硬的
說法。例句：

・身為醫師卻為了賺錢而進行不必要的
手術，這是天理不容的犯罪行徑！

※「～とは／竟然會～」用於想表達"～
令人驚訝、～令人吃驚"等的時候。
題目中的「見て見ぬふり／視而不見」是
明明看到了卻裝作沒看到的意思。
檢查其他選項的文法：
選項1「（動詞辞書形、名詞）に足る／
值得」是"～十分足夠"的意思。例句：

・他是一位值得信賴的人士。

選項3「（動詞辞書形、名詞）に堪えな
い／難以承受」用在想表達"無法忍受～、

ない、と言いたいとき。例、

・彼の話は人の悪口ばかりで、聞くに堪えない。

4 「至る」は「〜に至るまで」で、範囲を強調して表す。例、

・妻は私の服装から髪型に至るまで、自分で決めないと気が済まない。

沒有做〜的價值"時。例句：

・他老是講別人的壞話，實在讓人聽不下去。

選項4「至る／到達」寫成「〜に至るまで／至於」的形式，表示強調範圍。例句：

・從我的衣著到髮型，太太統統都要親自決定才會心滿意足。

---

## 3

Answer **1**

企業の海外進出により、国内の産業は衰退を余儀なく（　　　）。

1 されている　　　　　　　　　2 させている

3 している　　　　　　　　　　4 させられている

隨著企業進軍海外，國內產業亦不得不（隨之）衰退。

1 隨之　　　　　2 使之　　　　　3 正在做　　　　4 正在做被交付的事

---

「（名詞）を余儀なくされる」は、事情があって〜しなければならなくなる、という意味。「される」は受身形。例、

・震災の被害者は、不自由な暮らしを余儀なくされた。

他の選択肢の文型もチェック：

2 「〜を余儀なくさせる」は、ある事情が〜という状況にすると言いたいとき。「させる」は使役形。例、

・景気の悪化が、町の開発計画の中止を余儀なくさせた。

3と4の言い方はない。

「（名詞）を余儀なくされる／不得不〜」是"因為某些原因，所以不得不做〜"的意思。「される」是被動形。例句：

・當時震災的災民被迫過著不方便的生活。

檢查其他選項的文法：

選項2「〜を余儀なくさせる／不得不〜」用在想表達"讓某事變成〜的狀況"時。「させる／使〜」是使役形。例句：

・隨著景氣的惡化，不得不暫停執行城鎮的開發計畫了。

沒有選項3和選項4的說法。

政府が対応を誤ったために、被害が拡大した。これが人災（　　　）。

1　であろうはずがない　　　　　　　2　といったところだ

3　には当たらない　　　　　　　　　4　でなくてなんであろう

由於政府的應對失當而導致受害範圍的擴大。這（不是）人禍（又是什麼呢）？

1 不可能是那樣　　　　2 頂多　　　　　3 用不著　　　　　　4 不是～又是什麼呢

---

「これは人災だ」という意味の文を作る。「人災」とは人の不注意などが原因で起こる災害のこと。肯定的な文になるのは2と4。

「（名詞）でなくてなんであろう」は、これこそ～だ、～以外ではないと言いたいとき。硬い言い方。例、

・事故の現場で出会ったのが今の妻だ。これが運命でなくてなんであろうか。

他の選択肢の文型もチェック：

1「（名詞、普通形）であろうはずがない」は、根拠があって、決して～ではないと言いたいとき。例、

・彼が犯人であろうはずがない。そのとき彼は香港にいたのだから。

2「（数量）といったところだ」は、最高でも～だ、と言いたいとき。例、

・頑張ったが、試験はあまりできなかった。70点といったところだろう。

3「（名詞、動詞辞書形）には当たらない」は、～ほどのことではない、と言いたいとき。例、

・たいした怪我ではありませんから、救急車を呼ぶには当たりませんよ。

要寫成表示「これは人災だ／這是人禍」意思的句子。「人災／人禍」是指因人為的不注意等而引起的災害。能使句子成為肯定句的是選項2和選項4。

「（名詞）でなくてなんであろう／不是～又是什麼呢」用在想表達"正是因為～、除了～以外就沒有了"時。是較生硬的說法。例句：

・我在事故的現場遇到的那位女子就是現在的太太。如果這不是命運，那又是什麼呢？

檢查其他選項的文法：

選項1「（名詞、普通形）であろうはずがない／不可能是那樣」用在想表達"有根據認為絕對不會～"時。例句：

・他不可能是兇手！因為那時候他人在香港。

選項2「（數量）といったところだ／頂多～」用在想表達"最多也才～"時。例句：

・雖然努力用功了，但是考題還是不太會作答。估計大約七十分吧。

選項3「（名詞、動詞辞書形）には当たらない／用不著～」用在想表達"沒必要～"時。例句：

・傷勢不怎麼嚴重，用不著叫救護車啦！

問題2　つぎの文の＿＿＿　★　に入る最もよいものを、1・2・3・4から一つ選びなさい。

問題2　下文的＿＿＿　★　中該填入哪個選項，請従 1・2・3・4 之中選出一個最適合的答案。

---

5

彼が＿＿＿　＿＿＿　★　＿＿＿なかった 。

1　ことは　　　　2　までも　　　　3　がっかりしている　4　見る

那時根本用不著看就知道他感到失望（的那種情況）。
1 ✕（的那種情況）　2 用不著　　　3 感到失望　　　4 看

---

彼が　3 がっかりしている　1 ことは　4 見る　2 までも　なかった。

4と2をつなげる。「見るまでもなかった」で、見なくてもわかるという意味。3と1をその前に置く。

文型をチェック：

「（動詞辞書形）までもない」は、程度が軽いので〜しなくてもいい、と言いたいとき。例、

・このくらいのミスなら、課長に報告するまでもないだろう。

---

那時根本　2 用不著　4 看　就知道他　3 感到失望　1 ✕（的那種情況）。

連接選項4和選項2。「見るまでもなかった／用不著看」是"不用看也知道"的意思。選項3和選項1要填在它的前面。

檢查文法：

「（動詞辞書形）までもない／用不著〜」用在想表達"因為程度很輕，所以不做〜也沒關係"時。例句：

・這種程度的小失誤，用不著向科長報告吧。

# Memo

# 助動詞（狀態・傾向・其他）

## **1** 文法闖關大挑戰

文法知多少？請完成以下題目，從選項中，選出正確答案，並完成句子。
《答案詳見右下角。》

**1**
彼は思いこみが強く、独断専行の _____ がある。
1. 嫌い　2. 恐れ

1. 嫌い：「嫌いがある」有一點…
2. 恐れ：「恐れがある」恐怕會…

**2**
全国的な産婦人科医師不足はすでに周知 _____ である。
1. らしい　2. のごとく

1. らしい：好像…
2. のごとく：「ごとく」如…一般

**3**
向かいの山の峠も少しずつ春 _____ きた。
1. めいて　2. ぶって

1. めいて：「めく」像…的様子
2. ぶって：「ぶる」假裝…

**4**
その店は、平日でも週末でも _____ 人で賑わっていた。
1. 溢れんばかりの
2. 溢れるかと思いきゃ

1. 溢れんばかりの：「んばかりの」幾乎要…
2. 溢れるかと思いきゃ：「かと思いきや」原以為…

**5**
スキーで足を折って、一ヶ月も入院する _____。
1. しだいだ　2. しまつだ

1. しだいだ：要看…而定
2. しまつだ：（結果）竟然…

**6**
人様に迷惑をかけて _____。
1. はばからない
2. かまわない

1. はばからない：「てはばからない」不怕…
2. かまわない：「てもかまわない」…也行

**7**
その国には人命に _____ 水や医薬品や食糧が不足している。
1. かんする　2. かかわる

1. かんする：「にかんする」…相關
2. かかわる：「にかかわる」和…相關

- □ 1 嫌いがある
- □ 2 如し、如く、如き
- □ 3 めく
- □ 4 んばかりに、んばかりだ、んばかり の
- □ 5 始末だ
- □ 6 てはばからない
- □ 7 にかかわる

## **3** 文法比較 --- 助動詞（狀態・傾向・其他）  (T-16)

### **1**

| **嫌いがある**「有一點…」、「總愛…」 | 比較 | **恐れがある**「恐怕會…」 |

【名詞の；動詞辭書形】＋きらいがある。表示有某種不好的傾向。這種傾向從表面是看不出來的，它具有某種本質性的性質。

例 彼女は小さい時から、何でも悪い方に考える嫌いがある。

她從小就有對任何事情都採取負面思考的傾向。

【名詞の；形容動詞詞幹な；[形容詞・動詞]辭書形】＋恐れがある。表示有發生某種消極事件的可能性。只限於用在不利的事件。常用在新聞或報導中。

例 台風のため、午後から高潮の恐れがあります。

因為颱風，下午恐怕會有大浪。

### **2**

| **如し、如く、如き**「如…一般」、「同…一樣」 | 比較 | **らしい**「好像…」 |

【名詞の；動詞辭書形；動詞た形】＋（が）如し、如く、如き。好像、宛如之意，表示事實雖不是這樣，如果打個比方的話，看上去是這樣的。

例 周知のごとく、家賃は毎年どんどん上がる一方だ。

眾所皆知，租金年年持續上漲。

【名詞；形容動詞詞幹；[形容詞・動詞]普通形】＋らしい。表示從眼前可觀察的事物等狀況，來進行判斷；又有充分反應出該事物的特徵或性質的意思。

例 王さんがせきをしている。風邪を引いているらしい。

王先生在咳嗽。他好像是感冒了。

## 3

### めく
「像…的樣子」、「有…的意味」、
「有…的傾向」

比較

### ふり
「假裝…」、「冒充…」

【名詞】＋めく。表現出某種樣子。

例 皮肉めいた言い方をすると嫌
われる。

以帶有諷刺意味的方式說話會惹人
討厭。

【動詞普通形】＋ふり。表示給予負面
的評價，有意擺出某種態度的樣子。

例 彼は知っているくせに知らな
いふりをしていた。

他明明就知道，還裝出一副渾然不
知的樣子。

## 4

### んばかりに、んばかりだ、んばかりの
「幾乎要…」、「差點就…」

比較

### （か）と思いきや
「原以為…」

【動詞否定形（去ない）】＋んばか
り（に、だ、の）。表示事物幾乎要
達到某狀態，或已經進入某狀態了。

例 袋は破裂せんばかりにパンパン
だ。

袋子被塞得鼓鼓的，都快要被撐破
了。

【[名詞・形容詞・形容動詞・動詞]普通
形；引用的句子或詞句】＋（か）と思いき
や。表示按照一般情況推測，應該是前
項結果，卻意外出現後項相反的結果。

例 素足かと思いきや、ストッキ
ングを履いていた。

原本以為她打赤腳，沒想到是穿著
絲襪。

## 5

### 始末だ
「（結果）竟然…」、「落到…的結
果」

比較

### 次第だ、次第で（は）
「要看…而定」、「根據…的情況而
變化」、「為其左右」

【動詞辭書形；この、その、あの】
＋始末だ。經過一個壞的情況，最後
落得更壞的結果。後句帶譴責意味，
陳述竟發展到這種地步。

例 借金を重ねたあげく、夜逃げ
するしまつだ。

在欠下多筆債務後，落得躲債逃亡
的下場。

【名詞】＋次第だ、次第で（は）。
表示行為動作要實現，全憑前面的名
詞的情況而定。

例 合わせる小物次第でオフィスに
もデートにも着回せる便利な1
着です。

依照搭襯不同的配飾，這件衣服可以穿
去上班，也可以穿去約會，相當實穿。

**6**

| てはばからない<br>「不怕…」、「毫無顧忌…」 | 比較 | てもかまわない<br>「即使…也沒關係」、「…也行」 |
|---|---|---|

【動詞て形】＋はばからない。表示毫無顧忌地進行前項的意思。

例 その新人候補は、今回の選挙に必ず当選してみせると断言してはばからない。

那位新的候選人毫無畏懼地信誓旦旦必將在此場選舉中勝選。

【[動詞・形容詞]て形】＋もかまわない；【形容動詞詞幹；名詞】で＋もかまわない。表示讓步關係。雖然不是最好的，但這樣也可以。

例 パーティーには、ご主人やお子さん、別の友人を連れて来てもかまわない。

要帶先生或是小孩來參加派對都可以，甚至是帶其他朋友來也行。

---

**7**

| にかかわる<br>「和…相關」、「影響到…」、「涉及到…」 | 比較 | にかかっている<br>「取決於…」 |
|---|---|---|

【名詞】＋にかかわる。表示後面的事物受到前項影響，或是和前項是有關聯的。

例 花粉症は、生死にかかわる病気ではありません。

花粉熱不屬於生死交關的疾病。

【體言；用言】＋にかかっている。表示事情能不能實現，由前接部分所表示的內容來決定。

例 自動運転の実現は、人工知能技術いかんにかかっている。

自動駕駛的實現取決於人工智慧技術。

**問題1　次の文章を読んで、文章全体の内容を考えて、[ 1 ]から[ 5 ]の中に入る最もよいものを、1・2・3・4の中から一つ選びなさい。**

---

ドバイ旅行

　会社の休みを利用してドバイに行った。羽田空港を夜中に発って11時間あまりでドバイ到着。2泊して、3日目の夜中に帰国の途につくという日程だ。

　ドバイは、ペルシャ湾に面したアラブ首長国連邦の一つであり、代々世襲<sup>(注1)</sup>の首長が国を治めている。面積は埼玉県とほぼ同じ。[ 1-a ]小さな漁村だったが、20世紀に入って貿易港として発展。1966年に石油が発見され急速に豊かになったが、その後も、石油のみに依存しない経済作りを目指して開発を進めた。その結果、[ 1-b ]高層ビルが建ち並ぶゴージャス<sup>(注2)</sup>な商業都市として発展を誇っている。現在、ドバイの石油産出量はわずかで[ 2 ]、貿易や建設、金融、観光など幅広い産業がドバイを支えているという。

　観光による収入が30%というだけあって、とにかく見る所が多い。それも「世界一」を誇るものがいくつもあるのだ。世界一高い塔バージュ・ハリファ、巨大人工島パームアイランド、1,200店が集まるショッピングモール<sup>(注3)</sup>、世界最高級七つ星ホテルブルジュ・アル・アラブ、世界一傾いたビル……などなどである。

　とにかく、見るもの全てが〝すごい〟ので、[ 3 ]しまう。ショッピングモールの中のカフェに腰を下ろして人々を眺めていると、さまざまな肌色や服装をした人々が通る。民族衣装を身に着けたアラブ人らしい人は[ 4 ]。アラブ人は人口の20%弱だというだけに、ドバイではアラブ人こそ逆に外国人に見える。

急速な発展を誇る未来都市のようなドバイにも、経済的に大きな困難を抱えた時期があったそうだ。2009年「ドバイ・ショック」と言われる債務超過<sup>(注4)</sup>による金融危機である。アラブ首長国の首都アブダビの援助などもあって、現在では社会状況もかなり安定し、さらなる開発が進められているが、今も債務の返済中であるという。

　そんなことを思いながらバージュ・ハリファ124階からはるかに街を見下ろすと、砂漠の中のドバイの街はまさに〝砂上の楼閣〞<sup>(注5)</sup>、砂漠に咲いた徒花<sup>(注6)</sup>のようにも見えて、一瞬うそ寒い<sup>(注7)</sup>気分に襲われた。しかし、21世紀の文明を象徴するような魅力的なドバイである。これからも繁栄を続けることを　　5　　いられない。

（注1）世襲：子孫が受け継ぐこと。
（注2）ゴージャス：豪華でぜいたくな様子。
（注3）ショッピングモール：多くの商店が集まった建物。
（注4）債務超過：借金の方が多くなること。
（注5）砂上の楼閣：砂の上に建てた高層ビル。基礎が不安定で崩れやすい物のたとえ。
（注6）徒花：咲いても実を結ばずに散る花。実を結ばない物事のたとえ。
（注7）うそ寒い：なんとなく寒いようなぞっとする気持ち。

**1**

1　a　今は ／ b　もとは　　　2　a　もとは ／ b　今も

3　a　もとは ／ b　今や　　　4　a　今は ／ b　今や

**2**

1　あるし　　　　　　　　　　2　あるにもかかわらず

3　あったが　　　　　　　　　4　あることもあるが

**3**

1　圧倒して　　　　　　　　　2　圧倒されて

3　がっかりして　　　　　　　4　集まって

**4**

1　とても多い　　　　　　　　2　素晴らしい

3　アラブ人だ　　　　　　　　4　わずかだ

**5**

1　願って　　　　　　　　　　2　願うが

3　願わずには　　　　　　　　4　願いつつ

**問題1** 次の文章を読んで、文章全体の内容を考えて、 [ 1 ] から [ 5 ] の中に入る最もよいものを、1・2・3・4の中から一つ選びなさい。

**問題1** 請於閱讀下述文章之後，就整體文章的內容作答第 [ 1 ] 至 [ 5 ] 題，並從 1・2・3・4 選項中選出一個最適合的答案。

---

ドバイ旅行

会社の休みを利用してドバイに行った。羽田空港を夜中に発って11時間あまりでドバイ到着。2泊して、3日目の夜中に帰国の途につくという日程だ。

ドバイは、ペルシャ湾に面したアラブ首長国連邦の一つであり、代々世襲(注1)の首長が国を治めている。面積は埼玉県とほぼ同じ。 [ 1-a ] 小さな漁村だったが、20世紀に入って貿易港として発展。1966年に石油が発見され急速に豊かになったが、その後も、石油のみに依存しない経済作りを目指して開発を進めた。その結果、 [ 1-b ] 高層ビルが建ち並ぶゴージャス(注2)な商業都市として発展を誇っている。現在、ドバイの石油産出量はわずかで [ 2 ] 、貿易や建設、金融、観光など幅広い産業がドバイを支えているという。

観光による収入が30％というだけあって、とにかく見る所が多い。それも「世界一」を誇るものがいくつもあるのだ。世界一高い塔バージュ・ハリファ、巨大人工島パームアイランド、1,200店が集まるショッピングモール(注3)、世界最高級七つ星ホテルブルジュ・アル・アラブ、世界一傾いたビル……などなどである。

とにかく、見るもの全てが"すごい"ので、 [ 3 ] しまう。ショッピングモールの中のカフェに腰を下ろして人々を眺めていると、さまざまな肌色や服装をした人々が通る。民族衣装を身に着けたアラブ人らしい人は [ 4 ] 。アラブ人は人口の20％弱だというだけに、ドバイではアラブ人こそ逆に外国人に見える。

急速な発展を誇る未来都市のようなドバイにも、経済的に大きな困難を抱えた時期があったそうだ。2009 年「ドバイ・ショック」と言われる債務超過<sup>(注4)</sup>による金融危機である。アラブ首長国の首都アブダビの援助などもあって、現在では社会状況もかなり安定し、さらなる開発が進められているが、今も債務の返済中であるという。

そんなことを思いながらバージュ・ハリファ 124 階からはるかに街を見下ろすと、砂漠の中のドバイの街はまさに〝砂上の楼閣〟<sup>(注5)</sup>、砂漠に咲いた徒花<sup>(注6)</sup>のようにも見えて、一瞬うそ寒い<sup>(注7)</sup>気分に襲われた。しかし、21 世紀の文明を象徴するような魅力的なドバイである。これからも繁栄を続けることを　　5　　いられない。

(注1) 世襲：子孫が受け継ぐこと。
(注2) ゴージャス：豪華でぜいたくな様子。
(注3) ショッピングモール：多くの商店が集まった建物。
(注4) 債務超過：借金の方が多くなること。
(注5) 砂上の楼閣：砂の上に建てた高層ビル。基礎が不安定で崩れやすい物のたとえ。
(注6) 徒花：咲いても実を結ばずに散る花。実を結ばない物事のたとえ。
(注7) うそ寒い：なんとなく寒いようなぞっとする気持ち。

# 杜拜遊記

　　我利用公司的休假日去了杜拜旅行。旅遊行程是深夜從羽田機場搭機起飛，經過了 11 個多小時的飛行時間抵達杜拜，在那裡住了兩晚，於第三天晚上搭機返國。

　　杜拜是阿拉伯聯合大公國位於波斯灣沿海的一個城市，由歷代世襲<sup>(注1)</sup>的酋長治理國家，其面積和埼玉縣大約相同。這裡 **1-a** 原本是個小漁村，進入 20 世紀之後發展成為貿易港口。自從 1966 年挖掘到石油之後突然變得非常富裕，其後的經濟發展朝著不單一依賴石油出口的方向積極努力。 **1-b** 如今，這裡已經發展成摩天大樓林立、全球聞名的一座豪奢<sup>(注2)</sup>的商業城市。杜拜現在的石油產量 **2** 儘管不多，然而來自貿易、建設、金融、觀光等不同領域產業的收入仍足以支撐其財政所需。

　　這裡不愧是財政收入有 30% 屬於觀光收入的城市，可供旅客遊覽的地方多不勝數，甚至有好幾處都是享有「世界第一」稱號的名勝，包括世界第一高塔哈里發塔、龐大的人工島棕櫚島、擁有多達 1,200 家店鋪入駐的購物中心<sup>(注3)</sup>、世界最高級的七星旅館卓美亞帆船飯店、世界最斜的人造塔樓（首都門）等等……。

　　總而言之，眼前所見無不令人「嘆為觀止」， **3** 為之折服。我在購物中心裡的咖啡廳彎腰俯瞰下方，各種膚色的人種穿著形形色色的服裝穿梭來往。身穿傳統民族服飾、貌似阿拉伯人的人 **4** 寥寥可數。據說阿拉伯人只佔杜拜總人口的不到 20%，因此阿拉伯人在這裡看起來反而像是外國人。

　　不過，這個以急速發展為自豪、宛如未來都市的杜拜，據說也曾面臨過非常嚴重的經濟危機。2009 年，這裡發生過一場被稱為「杜拜風暴」的無力償付債務<sup>(注4)</sup>的金融危機。所幸得到阿拉伯聯合大公國首都阿布達比的經濟援助，目前的社會狀況已經相當穩定，各項開發工程也正在進行，現在仍然持續償還債務之中。

　　我心裡想著關於杜拜的這一切，從哈里發塔的 124 樓遙望底下的街景，忽然覺得位在沙漠中的杜拜市容正如「空中樓閣」<sup>(注5)</sup>，宛如綻放在沙漠中的一朵虛幻之花<sup>(注6)</sup>，剎時感到了一股微微的寒意<sup>(注7)</sup>。然而，這也正式象徵 21 世紀文明的杜拜具有魅力之處。我不得 **5** 不祈求（我衷心祈求）這裡往後依然能夠繼續維持現在的繁榮盛景。

（注 1）世襲：由子孫繼承。

（注 2）豪奢：豪華而奢侈的樣子。

（注 3）購物中心：彙集了許多商店的建築物。

（注 4）無力償付債務：債務超過了債務人能夠償付的限度。

（注 5）空中樓閣：日文原意是蓋在沙上的大廈，比喻基礎不穩固而容易崩塌的事物。

（注 6）虛幻之花（虛有其表）：日文原意是沒有結果就凋謝了的花朵，比喻事物沒有實質內容。

（注 7）感到一股微微的寒意：覺得似乎有點冷。

**1**　Answer **3**

| 1 a　今は　／　b　もとは | 2 a　もとは　／　b　今も |
|---|---|
| 3 a　もとは　／　b　今や | 4 a　今は　／　b　今や |

| 1 a　如今是　／　b　原本是 | 2 a　原本是　／　b　如今也是 |
|---|---|
| 3 a　原本　／　b　如今 | 4 a　如今是　／　b　現在則是 |

　　**1-a** の問題箇所の後は「小さな漁村だったが」と過去形が使われ、**1-b** の後は「発展を誇っている」と現在形が使われていることから、aには「もとは」、bには「今や」が入ることがわかる。

　　**1-a** 空格部分的後面「小さな漁村だったが／原本是個小漁村」是過去式，**1-b** 的後面「発展を誇っている／以發展為傲」是現在式，所以可知a應填入「もとは/原本」，b應填入「今や/如今」。

**2**　Answer **2**

| 1　あるし | 2　あるにもかかわらず |
|---|---|
| 3　あったが | 4　あることもあるが |

| 1 一方面有 | 2 儘管（儘管有、儘管是） |
|---|---|
| 3 雖然有 | 4 有是有 |

　問題箇所の前後を見ると、「石油産出量はわずか」↔「貿易や～など幅広い産業がドバイをささえている」と、前後が反対の内容になっているので、「にもかかわらず」が適切。

　注意題目空格的前後，「石油産出量はわずか／石油產量不多」和「貿易や～など幅広い産業がドバイをささえている／來自貿易～等不同領域產業的收入仍足以支撐杜拜財政所需」，這前後兩項是相反的內容，所以填入「にもかかわらず/儘管」最為適切。

**3**　Answer **2**

| 1　圧倒して | 2　圧倒されて |
|---|---|
| 3　がっかりして | 4　集まって |

| 1 壓倒對方 | 2 為之折服 |
|---|---|
| 3 感到失望 | 4 聚集起來 |

「すごい」ものを見たときの倒れそうな様子を表す言葉を探すと、2「圧倒されて（しまう）」が見つかる。1「圧倒して」は、優れたものを見せたり優れた力を示したりして、相手を負かすこと。ここは、「圧倒されて」という受け身の形でなければならない。

要尋找能表達出看見「すごい／嘆為觀止」的事物時內心震撼的詞語，找到了選項2「圧倒されて（しまう）／為之折服」是正確答案。選項1「圧倒して／壓倒對方」是指展現出卓越的事物或出眾的力量來戰勝對手。本題必須寫成被動式「圧倒されて／被對方壓倒（為之折服）」。

---

**4**　　　　　　　　　　　　　　　　　　　　　　Answer **❹**

| 1　とても多い | 2　素晴らしい |
| 3　アラブ人だ | 4　わずかだ |

| 1 非常多 | 2 了不起 |
| 3 是阿拉伯人啊 | 4 寥寥可數 |

すぐ後の文に、「ドバイではアラブ人こそ逆に外国人に見える」とあるので、「アラブ人らしい人はとても少ない」、つまり、4「わずか」なのだ。

空格後面的句子寫道「ドバイではアラブ人こそ逆に外国人に見える／阿拉伯人在這裡看起來反而像是外國人」，因此「アラブ人らしい人はとても少ない／看起來像阿拉伯人的人很少」，也就是說選項4「わずか／寥寥可數」是正確答案。

---

**5**　　　　　　　　　　　　　　　　　　　　　　Answer **❸**

| 1　願って | 2　願うが |
| 3　願わずには | 4　願いつつ |

| 1 祈求 | 2 雖然祈求 |
| 3 不祈求【願わずにはいられない＝不得不祈求＝衷心祈求】 |
| 4 持續祈求 |

「～ずにはおかない」「ないではおかない」の形。3「願わずにはいられない」は、「どうしても願う気持ちになってしまう」という意味を表す。

這題考的是「～ずにはおかない／不能不～」、「ないではおかない／必須」。選項3「願わずにはいられない／不得不祈求」表達「どうしても願う気持ちになってしまう／衷心祈求」的意思。

# JLPT
## 新制日檢模擬考題

第１回
第２回

**問題1　（　　）に入るのに最もよいものを、1・2・3・4から一つ選びなさい。**

**1** 国境付近での激しい衝突を繰り返したあげく、両国は（　　）。

1　戦争に突入した　　　　　　　　2　紛争を続けている

3　平和を取り戻した　　　　　　　4　話し合いの場を設けるべきだ

**2** 演奏が終わると、会場は（　　）拍手に包まれた。

1　割れんばかりの　　　　　　　　2　割れがちな

3　割れないまでも　　　　　　　　4　割れがたい

**3** 環境問題が深刻化するにつれて、リサイクル運動への関心が（　　）。

1　高めてきた　　　　　　　　　　2　高まってきた

3　高めよう　　　　　　　　　　　4　高まろう

**4** 子猫が5匹生まれました。今、（　　）人、募集中です。

1　もらってくれる　　　　　　　　2　あげてくれる

3　もらってあげる　　　　　　　　4　くれてもらう

**5** 森さんの顔に殴られたようなあざがあり、どうしたのか気になったが、

（　　）。

1　聞くに堪えなかった　　　　　　2　聞くに聞けなかった

3　聞けばそれまでだった　　　　　4　聞かないではおかなかった

**6** 社員（　　）の会社ではないのか。真っ先に社員の待遇を改善すべきだ。

1　いかん　　　　　　　　　　　　2　あって

3　ながら　　　　　　　　　　　　4　たるもの

**7** 明け方、消防車のサイレンの音に（　　　）。

1　起きさせた　　　　　　　　2　起こした

3　起こされた　　　　　　　　4　起きさせられた

**8** すみませんが、ちょっとペンを（　　　）。

1　お借りできませんか　　　　2　お貸しできませんか

3　お借りになりませんか　　　4　お貸しになりませんか

**9** 優秀な彼が、この程度の失敗で辞職に追い込まれるとは、残念で（　　　）。

1　やまない　　　　　　　　　2　堪えない

3　ならない　　　　　　　　　4　やむをえない

**10** お礼を言われるようなことではありません。当たり前のことをした

（　　　）です。

1　うえ　　　　　　　　　　　2　きり

3　こそ　　　　　　　　　　　4　まで

**問題2　つぎの文の　★　に入る最もよいものを、1・2・3・4から一つ選びなさい。**

**1** その男は、失礼なことに、＿＿＿　＿＿＿　★　＿＿＿と、走り去った。

1　わたしを　　　　　　　　　2　どころか

3　謝罪する　　　　　　　　　4　どなりつける


**2** ＿＿＿　＿＿＿　★　＿＿＿。早速荷物をまとめよう。

1　決まったら　　　　　　　　2　こうしては

3　行くと　　　　　　　　　　4　いられない


**3** こちらの条件が受け入れられないなら、この契約は＿＿＿　＿＿＿　★　＿＿＿です。

1　まで　　　　　　　　　　　2　のこと

3　なかったことに　　　　　　4　する


**4** 水は、＿＿＿　＿＿＿　★　＿＿＿ならないものだ。

1　生物　　　　　　　　　　　2　にとって

3　なくては　　　　　　　　　4　あらゆる


**5** この＿＿＿　＿＿＿　★　＿＿＿を禁ずる。

1　部屋に　　　　　　　　　　2　なしに

3　入ること　　　　　　　　　4　断り

**問題 1　（　　）に入るのに最もよいものを、1・2・3・4から一つ選びなさい。**

1　日食とは、太陽が月の陰に（　　　）ために、月によって太陽が隠される現象をいう。

1　入れる　　　　　　　　　　2　入る

3　入れる　　　　　　　　　　4　入れられる

2　一度、ご主人様に（　　　）のですが、いつご在宅でしょうか。

1　お目にかないたい　　　　　2　お目にはいりたい

3　お目にかかりたい　　　　　4　お目にとまりたい

3　手術を（　　　）、できるだけ早い方がいいと医者に言われた。

1　するものなら　　　　　　　2　するとしたら

3　しようものなら　　　　　　4　しようとしたら

4　あいつに酒を飲ませてはいけないよ。どなったり暴れたりしたあげく、最後には（　　　）。

1　泣き出してやまない　　　　2　泣き出しっぱなしだ

3　泣き出すまでだ　　　　　　4　泣き出す始末だ

5　父は体調を崩して、先月から入院して（　　　）。

1　いらっしゃいます　　　　　2　おられます

3　おります　　　　　　　　　4　ございます

**7** 転勤に当たり、部下が壮行会を開いてくれるそうで、（　　　）限りだ。

1　感謝する

2　参加したい

3　嬉しい

4　楽しみな

**8** 僕の先生は、頑固で意地悪、（　　　）ケチだ。

1　すなわち

2　おまけに

3　ちなみに

4　それゆえ

**9** 私の過失ではないのに、彼と同じグループだという理由で、彼の起こした

事故の責任を（　　　）。

1　とられた

2　とらせた

3　とらされた

4　とられさせた

**10** 「母は強し」というが、守るものができる（　　　）、人は強くなるものだ。

1　と

2　には

3　とは

4　ゆえ

**問題2　つぎの文の__★__に入る最もよいものを、1・2・3・4から一つ選びなさい。**

**1** たとえ_____　_____　__★__　_____しません 。

1　大金を 　　　　　　　　　　2　ことは

3　友人を裏切るような 　　　　4　積まれようと

**2** 社長の時代錯誤な提案に、_____　_____　__★__　_____としていなかった 。

1　一人 　　　　　　　　　　　2　社員は

3　唱える 　　　　　　　　　　4　反対意見を

**3** 後になって_____　_____　__★__　_____べきではない 。

1　最初から 　　　　　　　　　2　断る

3　引き受ける 　　　　　　　　4　くらいなら

**4** 女性の労働環境は厳しい。子供のいる独身女性_____　_____　__★__　_____を越えるという 。

1　貧困率 　　　　　　　　　　2　に至っては

3　が 　　　　　　　　　　　　4　5割

**5** この作品は、_____　_____　__★__　_____の出世作です 。

1　私が 　　　　　　　　　　　2　井上先生

3　やまない 　　　　　　　　　4　尊敬して

**問題1　（　　）に入るのに最もよいものを、1・2・3・4から一つ選びなさい。**
**問題1　請從 1・2・3・4 之中選出一個最適合填入（　）的答案。**

---

**1**　　　　　　　　　　　　　　　　　　　　　　　　　　Answer **❶**

国境付近での激しい衝突を繰り返したあげく、両国は（　　　　）。

1　戦争に突入した　　　　　　　　　　2　紛争を続けている
3　平和を取り戻した　　　　　　　　　4　話し合いの場を設けるべきだ

由於兩國在鄰近國界處發生了多起激烈的衝突，終於（爆發了戰爭）。

1 爆發了戰爭　　　　　　　　2 持續發生糾紛
3 恢復了和平　　　　　　　　4 雙方應當展開對話

---

「（名詞＋の、動詞た形）あげく」は、いろいろ〜した後、残念な結果になったと言いたいとき。例、

・高級レストランに連れて行き、タクシーで家まで送ったあげくに、振られた。

問題文では、「衝突を繰り返した」後、悪い結果になったという選択肢を選ぶ。

他の選択肢の文型もチェック：
2は、紛争の状態が続いており、「悪い結果になった」とは言えないので間違い。

「（名詞＋の、動詞た形）あげく／結果」用於想表達做了許多努力後，卻得到讓人遺憾的結果時。例如：

・我不但帶她上高級餐廳，甚至還用計程車送她到家，結果卻被甩了。

題目要選的是「衝突を繰り返した／發生了多起衝突」後，演變成不好的結果的選項。
檢查其他選項的文法：
選項 2 是表示紛爭持續的狀態，並不算是「悪い結果になった／演變成不好的結果」，所以不正確。

---

**2**　　　　　　　　　　　　　　　　　　　　　　　　　　Answer **❶**

演奏が終わると、会場は（　　　　）拍手に包まれた。

1　割れんばかりの　　2　割れがちな　　3　割れないまでも　　4　割れがたい

演奏一結束，會場立刻響起了（如雷般）的掌聲。

1 如雷般　　　　　2 似乎易碎的　　　3 雖說不至於破裂　　4 不易碎裂

---

「（動詞ない形）んばかりだ」は、まるで〜しそうなほどだ、と言いたいとき。例、

「（動詞ない形）んばかりだ／似的」用在想表達 "簡直就像是〜" 的時候。例句：

・コンサート会場は、たくさんのファンで溢れんばかりだった。

他の選択肢の文型もチェック：

2「（名詞、動詞ます形）がちだ」は、よく〜になる、〜の状態になることが多いと言いたいとき。例、

・私は体が弱く、子どものころから病気がちでした。

3「（動詞ない形）までも」は、〜という程度ほどではないが、その少し下の程度だ、と言いたいとき。例、

・俳優にはなれないまでも、映画に関わる仕事がしたい。

4「（動詞ます形）がたい」は、〜できない、〜することが難しいという意味。例、

・今日は本当に暑いね。まだ5月とは信じがたいよ。

・許許多多粉絲把那場演唱會的會場擠得水泄不通。

檢查其他選項的文法：

選項2「（名詞、動詞ます形）がちだ／容易」用於想表達 "經常如此、常常發生〜的狀況" 時。例句：

・我身體不好，從小體弱多病。

選項3「（動詞ない形）までも／雖說不至於」用在想表達 "還不到前項這個程度，但至少有達到比前項稍微低一點的程度" 的時候。例句：

・就算沒辦法成為演員，我還是想從事與電影相關的行業。

選項4「（動詞ます形）がたい／不易」是 "難以〜、要〜很困難" 的意思。例句：

・今天真的好熱喔！真不敢相信現在才五月呀！

---

**3**　　　　　　　　　　　　　　　　　　　Answer **2**

環境問題が深刻化するにつれて、リサイクル運動への関心が（　　　）。
1 高めてきた　　2 高まってきた　　3 高めよう　　4 高まろう

隨著環境問題的愈形惡化，人們對於環保運動的關注度也（愈趨高漲了）。【亦即，人們愈來愈主動參與環保運動了。】
1變高了　　2愈趨高漲了　　3努力提高　　4變高吧

「（名詞、動詞辞書形）につれて」は、一方が変化すると、もう一方も変化すると言いたいとき。「〜につれて、〜」の前後には、変化を表すことばが入る。問題文では、「深刻化する」と「高まる（高くなる）」が変化を表すことば。

「（名詞、動詞辞書形）につれて／隨著」用在想表達 "隨著某一方面的變化，另一方面也跟著變化" 時。「〜につれて、〜／隨著〜、〜」的前後應接表示變化的詞語。本題的「深刻化する／惡化」和「高まる（高くなる）／高漲」即是表示變化的詞語。

問題文は、「（リサイクル運動への）関心」を主語にした自動詞の文。

他の選択肢の文型もチェック：

1の「高める」は他動詞。例、

・私はいつも大事な試合の前には、この音楽を聴いて、気持ちを高めるんです。

3、4のような意志や意向を表すことばは使えない。

本題題目是以「（リサイクル運動への）心／（對於環保運動的）關注度」作為主詞的自動詞句子。

檢查其他選項的文法：

選項1的「高める／變高」是他動詞。例句：

・每逢重要的比賽，我總是在賽前聽這首曲子以提升自己的鬥志。

不能使用像選項3和選項4這種表達意志或意向的說法。

---

4 Answer ❶

子猫が5匹生まれました。今、（　　　）人、募集中です。

1　もらってくれる　　2　あげてくれる　　3　もらってあげる　　4　くれてもらう

有五隻小貓出生了。現在正在尋找（願意收養）的人。

1 願意收養　　　　　2 就給你吧　　　　　3 就收下吧　　　　　4 X

「私は猫をもらいます」という文から、「（あなたは）猫をもらってくれませんか」という文を考える。（あなた）は「猫をもらってくれる人」となる。

從「私は猫をもらいます／我收養貓」這句話可以推敲出「（あなたは）猫をもらってくれませんか／（你）願不願意收養貓」這個句子。由此可知，（你）是「　をもらってくれる人／收養貓的人」。

---

5 Answer ❷

森さんの顔に殴られたようなあざがあり、どうしたのか気になったが、（　　　）。

1　聞くに堪えなかった　　　　　　　2　聞くに聞けなかった
3　聞けばそれまでだった　　　　　　4　聞かないではおかなかった

森先生的臉上彷彿挨了擦似地出現淤青，雖然很想知道他出了什麼事，（卻實在無法開口詢問）。

1 不忍聆聽　　　　　　　　　　2 卻實在無法開口詢問
3 一開口問就完了　　　　　　　4 實在不能不問

---

「（動詞辞書形）に＋可能動詞の否定形」で、〜したいけれど、事情があってできない、と言いたいとき。例、

・部長の奥さんが次々と手料理を出してくれるので、帰るに帰れず、困った。

他の選択肢の文型もチェック：

1「（動詞辞書形）に堪えない」は、〜するだけの価値がない、と言いたいとき。例、

・彼の歌声は酷くて、聞くに堪えないね。

3「（動詞ば形）それまでだ」は、もし〜となったら終わりだ、と言いたいとき。例、

・どんなに才能があっても、ルールが守れないのではそれまでだ。

4「（動詞ない形）ではおかない」は、〜しないままでは許さない、必ず〜するという意味。例、

・彼の話は全部嘘だった。本当のことを白状させないではおかない。

「（動詞辞書形）に＋可能動詞の否定形／實在無法」用在想表達“雖然想做〜，但因故而無法做”時。例句：

・經理夫人接二連三端出拿手好菜，我們即使想回去也不好意思告辭，真不知道怎麼辦才好。

檢查其他選項的文法：

選項1「（動詞辞書形）に堪えない／忍受不住」用在想表達“不值得〜”時。例句：

・他的歌聲很糟糕，簡直慘不忍聽呀！

選項3「（動詞ば形）それまでだ／〜就完了」用在想表達“如果變成〜就完了”時。例句：

・雖說他才華洋溢，可惜無法遵守規則，也只好忍痛結束雙方的合作了。

選項4「（動詞ない形）ではおかない／不能不」用在想表達“不做到〜絕不罷休，一定要做〜”時。例句：

・他說的每一句話全都是謊言！非得讓他從實招來不可！

---

**6** Answer ❷

社員（　　　）の会社ではないのか。真っ先に社員の待遇を改善すべきだ。

1 いかん　　2 あって　　3 ながら　　4 たるもの

（有）員工才有公司，不是嗎？所以首先必須改善員工的薪資才對！
1 如何　　2 有　　3 一邊〜　　4 身為〜就〜

模擬考試翻譯及解題 第 1 回

「（名詞A）あっての（名詞B）」で、AがあるからこそBがある、という意味。例、

・健康あっての人生です。体を壊すような働き方は間違ってますよ。

他の選択肢の文型もチェック：

1 「〜いかん（だ）」は、〜によって決まる、という意味。例、

・この会社は採用されても、入社後の営業成績いかんで、首になるらしいよ。

3 「ながら」は、同時動作（・歩きながら電話する）と、逆接（・残念ながら欠席します）、状態の継続（・昔ながらの街並み）の３つの使い方がある。

4 「（名詞）たるもの」は、責任ある立場や高い地位の人は、こうあるべきだ、と言いたいとき。例、

・政治家たるもの、自身の発言には責任を持ってもらいたい。

「（名詞A）あっての（名詞B）／有A才有B」是"正因為有A，所以才有B"的意思。例句：

・有健康才能享受人生！損害身體的工作方式是錯的喔！

檢查其他選項的文法：

選項1「〜いかん（だ）／根據」是"根據〜決定"的意思。例句：

・聽說即使獲得這家公司的錄取，進公司後仍有可能根據業務績效而遭到資遣喔！

選項3「ながら／一邊」有"同時動作"（・邊走邊講電話）、"逆接"（・很遺憾，恕不出席）和"狀態的持續"（・具有懷舊風情的街道）三種意思。

選項4「（名詞）たるもの／身為〜就〜」用在想表達"站在該負責的人的立場或位居上位者，應該要這麼做"時。例句：

・身為政治家，希望務必對自己的言行負起責任。

---

**7**

Answer **3**

明け方、消防車のサイレンの音に（　　　　）。

1 起きさせた　　　2 起こした　　　3 起こされた　　　4 起きさせられた

黎明時分，我（被）消防車的鳴笛聲（吵醒了）。

1 X　　　　2 叫醒了　　　　3 被〜吵醒了　　　　4 被迫叫醒了〜

主語は省略されている「私」。「私は〜音に（音を聞いて）起きた」という文を使役受身文に変換する。「起きる」は使役文のとき、「起きさせる」では

本題的主詞「私／我」被省略了。題目的原句是「私は〜音に（音を聞いて）起きた／我聽到〜聲（聽到聲音）而醒了」，題目是由這個句子轉換成使役被動句。「起

---

なく、他動詞形の「起こす」を使う。「起こす」の使役受身形は「起こされる」。

きる／醒來」為使役句的時候，不寫作「起きさせる」，而應使用「起こす／吵醒」。「起こす／吵醒」的使役受身形是「起こされる／被吵醒」。

---

**8**　Answer **1**

すみませんが、ちょっとペンを（　　　　）。

1　お借りできませんか
2　お貸しできませんか
3　お借りになりませんか
4　お貸しになりませんか

不好意思，（請問可不可以向您借）一下原子筆（呢）？
1 請問可不可以向您借～呢　　　　　2 X
3 X　　　　　4 X

「すみませんが」と頼んでいるので、ペンを借りたいのだと分かる。「お（動詞ます形）します」は謙譲表現。例、
・先生、お荷物は私がお持ちします。問題文は、「お借りしてもいいですか」と同じ意味。
他の選択肢もチェック：
3、4「お（動詞ます形）になります」は尊敬表現。例、
・先生がお帰りになりますから、タクシーを呼んでください。

因為以「すみませんが／不好意思」來拜託，所以可以知道題目的意思是想借筆。「お（動詞ます形）します」是謙譲用法。例句：
・老師，您的行李請交給我提。
題目和「お借りしてもいいですか／可以借給我嗎」意思相同。
檢查其他選項
選項 3 和選項 4「お（動詞ます形）になります」是敬語用法。例句：
・議員要回去了，請幫忙攔計程車。

---

**9**　Answer **3**

優秀な彼が、この程度の失敗で辞職に追い込まれるとは、残念で（　　　　）。

1　やまない
2　堪えない
3　ならない
4　やむをえない

那麼優秀的他，竟然只因為這種小小的失誤就被迫辭職，實在讓人（太）遺憾了。
1 不已　　　　　2 難以承受　　　　　3 太（不得了）　　　　　4 不得已

とても残念だ、という意味。「（動詞て形、い形くて、な形-で）ならな

這是非常遺憾的意思。「（動詞て形、い形くて、な形-で）ならない／～得受不

い」は、そのような気持ちが抑えられない、と言いたいとき。例、

・先生が、私にばかり厳しいように思えてならない。

「とは」は、驚きや呆れた気持ちを表す言い方。例、

・せっかく入った会社を3日で辞めてしまうとは。

他の選択肢の文型もチェック：

1「（動詞て形）やまない」は、〜という気持ちをずっと持ち続けているとき。例、

・私は故郷のこの風景を愛してやまない。

2「（名詞）に堪えない」は、〜という気持ちが非常に強いと言いたいとき。例、

・支援者の皆様にはここまで支えて頂き、感謝に堪えません。

4「やむを得ない」は、仕方がない、ほかにどうしようもない、という意味。「（動詞ます形）得ない」は、できない、可能性がないという意味を表す。

了）」用在想表達"無法遏制這樣的情緒"時。例句：

・我怎麼想都覺得老師對我特別嚴厲。

「とは／想不到」是表達訝異或厭惡的心情的詞語。例句：

・好不容易才進了公司，結果三天就辭職了，這該怎麼說他才好呢……。

檢查其他選項的文法：

選項1「（動詞て形）やまない／〜不已」用在"〜這種心情一直持續下去"時。例句：

・我摯愛故鄉的這一片風景。

選項2「（名詞）に堪えない／忍受不住」用在想表達"〜這種心情非常強烈"時。例句：

・承蒙各位支持者一路以來的鼎力相助，無盡感激！

選項4「やむを得ない／不得已」是"沒有辦法、無能為力"的意思。「（動詞ます形）得ない」表達"做不到、不可能"的意思。

**10**　　　　　　　　　　　　　　　　　　Answer ④

お礼を言われるようなことではありません。当たり前のことをした（　　　）です。

1 うえ　　　　2 きり　　　　3 こそ　　　　4 まで

您不需要道謝，我（只是）做了理所當然的事而已。

1 不僅如此　　　2 只　　　　3 正因為　　　　4 只是

「（動詞た形）までだ」は、自分の行動について、たた〜だけだ、と言いたいとき。例、

・あなたを疑ってるわけじゃありません。事実を確認しているまでです。

「（動詞た形）までだ／只是」用在想表達 "自己的舉動只不過是〜而已" 時。例句：

・我並非懷疑你，只是想確認當時的狀況而已。

**問題2　次の文の＿＿＿★＿＿に入る最もよいものを、1・2・3・4から一つ選びなさい。**

**問題2　下文的＿＿★＿＿中該填入哪個選項，請從1・2・3・4之中選出一個最適合的答案。**

---

**1**　

その男は、失礼なことに、＿＿＿＿　＿＿＿＿　＿★＿＿　＿＿＿＿と、走り去った。

1　わたしを　　　　2　どころか　　　　3　謝罪する　　　　4　どなりつける

那個男人做了那麼不禮貌的舉動，結果別說是道歉了，他居然還大聲斥罵我，然後就走掉了！

1 我　　　　　　2 別說是　　　　3 道歉　　　　4 大聲斥罵

---

その男は、失礼なことに、3 謝罪する 2 どころか 1 わたしを 4 どなりつける と、走り去った。

「〜どころか…」の前と後には、程度が大きく違うこと、または反対のことが入る。文の意味を考えると、3 を「どころか」の前、4 を「どころか」の後に入れることが分かる。1 は助詞「を」があることから、4 の前に置く。

文型をチェック：

「（普通形）どころか」は、〜はもちろん、程度の違う、または反対の〜も、という意味。例、

・林さんがドイツ語ができるなんて嘘ですよ。会話どころか挨拶もできませんよ。

「〜ことに」は、先に話す人の感想を述べてから、事実を言う話し方。例、

・残念なことに、明日の発表会は中止になりました。

---

那個男人做了那麼不禮貌的舉動，結果 2 別說是 3 道歉 了，他居然還 4 大聲斥罵 1 我，然後就走掉了！

「〜どころか…／別說是〜，…」的前後要接程度相差甚遠的兩件事，或是相反的兩件事。

從文意來看，可知選項3應填在「どころか／別說是」之前，選項4應填在「どころか／別說是」之後。選項1因為有助詞「を」，所以要填在選項4的前面。

檢查文法：

「（普通形）どころか／別說是」是"別說是〜了，程度完全不同，甚至是相反的〜也"的意思。例句：

・林先生說他會德語根本是騙人的！別說交談了，他連打招呼都不會啦！

「〜ことに／〜的是」是先表達說話者的感想，然後再陳述事實的說法。例句：

・很遺憾的是，明天的發布會取消了。

---

**2**  Answer **2**

_____ _____ ★ _____ 。早速荷物をまとめよう。

1 決まったら　　2 こうしては　　3 行くと　　4 いられない

既然決定要去就不能再繼續這樣拖拖拉拉的了。快點打包行李吧！
1 既然決定　　2 這樣拖拖拉拉的了　3 要去　　4 就不能再繼續

3 行くと　1 決まったら　2 こうしては　4 いられない。早速荷物をまとめよう。

「こうしてはいられない」は決まった言い方。こんなことをしている時間はない、と言いたいとき。2、4の前に、「〜と決まったら」となるように3、1を置く。
文型をチェック：
「（動詞て形）（は）いられない」は、時間がなくて〜できない、また、精神的に〜できない、と言いたいとき。例、
・後輩が困っているのを見ていられなくて、大金を貸してしまった。

1 既然決定　3 要去　4 就不能再繼續　2 這樣拖拖拉拉的了。快點打包行李吧！

「こうしてはいられない／不能再繼續這樣拖拖拉拉的了」是固定用法。用在想表達"沒有時間做這種事了"的時候。考量選項2和選項4的前面要接「〜と決まったら／既然決定〜」，所以前面應填入選項3和選項1。

檢查文法：
「（動詞て形）（は）いられない／不能再〜」用在想表達"沒時間〜了，所以無法"或是"精神上無法〜"的時候。例句：
・不忍心看到學弟陷於困境，於是借了他一筆鉅款。

**3**  Answer **1**

こちらの条件が受け入れられないなら、この契約は _____ _____ ★ _____ です。

1 まで　　2 のこと　　3 なかったことに　4 する

如果不接受我方的條件，那麼這份合約，只能當作從沒發生過的事了。
1 只能　　2 的事　　3 從沒發生過　4 當作

こちらの条件が受け入れられないなら、この契約は、3 なかったことに 4 する 1 まで 2 のこと です。

如果不接受我方的條件，那麼這份合約，1 只能 4 當作 3 從沒發生過 2 的事了。

「〜までだ」「〜までのことだ」は、〜以外に方法はない、と言いたいとき。1、2の前に、3、4を置く。
文型をチェック：
「（動詞辞書形）までのことだ」は、他に方法がないなら〜する、という話者の強い意志や覚悟を表す言い方。例、

- 真面目に仕事をしないなら、会社を辞めてもらうまでですよ。

「〜までだ／大不了〜罷了」、「〜までのことだ／大不了〜罷了」用於想表達"沒有〜以外的方法"時。選項1、選項2前應填入選項3和選項4。

檢查文法：

「（動詞辞書形）までのことだ／大不了〜罷了」是"如果沒有別的辦法，那就做〜吧"的意思，是表達說話者強烈的意志和覺悟的說法。例句：

- 假如再不認真工作，就只好請你離開公司了。

---

**4**

Answer **②**

水は、＿＿＿ ＿＿＿ ★＿＿＿ ＿＿＿ならないものだ。
1 生物　　　　2 にとって　　　3 なくては　　　4 あらゆる

水對於所有的生物來說是不可或缺的存在。
1 生物　　　　2 對於　　　　　3 或缺　　　　　4 所有的

水は、<u>4 あらゆる</u>　<u>1 生物</u>　<u>2 にとって</u>　<u>3 なくては</u>　ならないものだ。
「なくてはならない」は、必ず必要だという意味の決まった言い方。「〜にとって」は名詞につくので1、2をつなぐ。4は全てのという意味のことばで、1を修飾している。
文型をチェック：
「（名詞）にとって」は、〜の立場から考えると、と言いたいとき。例、

- この古い写真は、私にとっては宝物なんです。

水　<u>2 對於</u>　<u>4 所有的</u>　<u>1 生物</u>　<u>2 來說</u>是不可　<u>3 或缺</u>　的存在。

「なくてはならない／不可或缺」是表達"絕對必要"意思的固定說法。「〜にとって／對於」必須接名詞，所以選項1和2可以連接起來。選項4是全部的意思，修飾選項1。

檢查文法：

「（名詞）にとって／對於〜來說」用在想表達"從〜的立場來考慮"時。例句：

- 這張老照片是我的寶貝。

**5**

この ＿＿＿ ＿＿＿ ★ ＿＿＿ を禁ずる。

1　部屋に　　　　2　なしに　　　　3　入ること　　　4　断り

這個房間禁止未報備即擅自進入。

1 房間　　　　2 未　　　　3 進入　　　　4 報備

---

この　1部屋に　4断り　2なしに　3入ること　を禁ずる。

「この」の後に1、「を禁ずる」の前に3を置く。4と2で許可なく、という意味になる。

文型をチェック：

「（名詞、動詞辞書形＋こと）なしに」は、～しないで…する、～しないでそのまま、と言いたいとき。例、

・今日は店が混んで、休憩なしに5時間働き続けた。

---

這個 1房間 禁止 2未 4報備 即擅自 3進入。

「この／這個」的後面應接選項1，「を禁ずる／禁止」的前面應接選項3。選項4和選項2是"不允許"的意思。

檢查文法：

「（名詞、動詞辞書形＋こと）なしに／不～就～」用在想表達"不～而…，不～而保持原樣"時。例句：

・今天店裡客流不斷，以致於連續工作了五個小時沒得休息。

**問題1** （　　）に入るのに最もよいものを、1・2・3・4から一つ選びなさい。

**問題1** 請從1・2・3・4之中選出一個最適合填入（　　）的答案。

---

**1**　　　　　　　　　　　　　　　　　　　　　　　　　　　Answer ❷

日食とは、太陽が月の陰に（　　　　）ために、月によって太陽が隠される現象をいう。

1　入れる　　　　　2　入る　　　　　3　入れる　　　　　4　入れられる

所謂日蝕，是指太陽（運行）到月球的背面，而導致月球遮住太陽的現象。

1 放入　　　　　2 運行（進入）　　　　3 放得進去　　　　4 可以放得進去

---

2「入る」は自動詞。例、
・ノックをして部屋に入ります。
他の選択肢もチェック：
1は他動詞。例、
・かばんに本を入れます。
3は「入る」の可能形。
4は「入れる」の可能、受身、尊敬形。

選項2「入る／運行（進入）」是自動詞。
例句：
・敲門之後進入房間。
檢查其他選項
選項1是他動詞。例句：
・把書放進包包。
選項3是「入る／進入」的可能形。
選項4是「入れる／放入」的可能、被動、尊敬形。

---

**2**　　　　　　　　　　　　　　　　　　　　　　　　　　　Answer ❸

一度、ご主人様に（　　　　）のですが、いつご在宅でしょうか。

1　お目にかないたい　　　　　　　　2　お目にはいりたい

3　お目にかかりたい　　　　　　　　4　お目にとまりたい

我（希望能見）尊夫一面，請問他在家嗎？

1X　　　　　　　　2X　　　　　　　　3 希望能見　　　　4 希望能請您過目

---

「お目にかかる」は「会う」の謙譲語。「お会いしたい」と同じ。

「お目にかかる／見到」是「会う／見到」的謙讓語。和「お会いしたい／想見」意思相同。

---

手術を（　　　　）、できるだけ早い方がいいと医者に言われた。

1　するものなら　　　2　するとしたら　　　3　しようものなら　　　4　しようとしたら

醫師說了，（如果決定要動）手術，還是盡快為佳。

1 如果敢做的話～　　　　　　　　　2 如果決定要動（做）～
3 如果想做的話～　　　　　　　　　4 如果要做的話～

「（普通形）としたら」は、～ということになった場合、という意味。例、

・どんなことでも、願いが３つ叶うとしたら、何をお願いしますか。

他の選択肢の文型もチェック：
1の文型はない。

3「（動詞意向形）ものなら」は、もし～したら大変なことになる、と言いたいとき。例、

・明日は９時集合です。１分でも遅刻しようものなら、置いていきますよ。

4は、「～しようとしたところ」と言いたいとき。例、

・帰ろうとしたら、急に雨が降って来た。

「（普通形）としたら／如果～的話」是“變成～的情況”的意思。例句：

・如果沒有任何限制，能夠讓你實現三個願望，你會如何許願呢？

檢查其他選項的文法：

沒有選項1這樣的文法。

選項3「（動詞意向形）ものなら／如果能～的話」用在想表達“如果～的話事情就嚴重了”時。例句：

・明天九點集合。假如膽敢遲到一分鐘，就不帶你去了！

選項4用在想表達「～しようとしたところ／如果要做的話～」時。例句：

・正準備回去，卻突然下起雨來了。

あいつに酒を飲ませてはいけないよ。どなったり暴れたりしたあげく、最後には
（　　　　）。

1　泣き出してやまない　　　　　　　　2　泣き出しっぱなしだ

3　泣き出すまでだ　　　　　　　　　　4　泣き出す始末だ

不能讓那傢伙喝酒喔！他黃湯一下肚，不是大吼就是亂打，到最後還（哭了出來作為收場）。

1 不得不哭了出來　　2X　　　　　　3 只是哭出來而已　　4 哭了出來作為收場

---

直前に「〜あげく」があるので、こんなひどいことになる、という意味のことばを選ぶ。「（動詞辞書形）始末だ」は、〜という悪い結末になるという意味。例、

・弟には困っている。大学を何年も留年して、とうとう中退する始末だ。

他の選択肢の文型もチェック：

1 「（動詞て形）やまない」は、〜という気持ちを持ち続けている、と言いたいとき。例、

・結婚おめでとう。あなたの幸せを願ってやみません。

2 「（動詞ます形）っぱなしだ」は、〜という状態が続いている、と言いたいとき。その状態が続いているのは普通ではないという意味がある。例、

・昨夜はテレビをつけっぱなしで寝てしまった。

3 「（動詞辞書形）までだ」は、他に方法がないなら〜する、という意志を表す言い方。例、

・会社を首になったら、田舎に帰るまでだ。

因為空格前面有「〜あげく／結果〜」，所以要選含有"變成這麼糟糕的事態"之意的詞語。「（動詞辞書形）始末だ／落到〜的結果」是"變成〜這麼糟糕的結果"的意思。例句：

・我家那個弟弟真讓人傷透腦筋，大學留級了好幾次，最後終於淪落到遭到退學的下場。

檢查其他選項的文法：

選項1「（動詞て形）やまない／〜不已」用在想表達"持續感到〜的心情"時。例句：

・結婚恭喜！由衷獻上我的祝福，願妳永遠幸福！

選項2「（動詞ます形）っぱなしだ／置之不理」用在想表達"持續〜的狀況"時。含有持續這樣的狀況有違常理的意思。例句：

・昨天晚上開著電視就這樣睡著了。

選項3「（動詞辞書形）までだ／只是〜而已」是"如果沒有其他辦法的話那就採取〜"的意思。是表示意志的說法。例句：

・假如被公司開除，就只能回鄉下了。

**5**

父は体調を崩して、先月から入院して（　　　）。

1　いらっしゃいます　　　　　　　2　おられます

3　おります　　　　　　　　　　　4　ございます

家父身體有恙，已（於）上個月住院至今。
1 在　　　　　　　　2 在　　　　　　　3 於　　　　　　　4 有

「父は」と言っているので、謙譲語で話す（家族などが他者に話している）場面であることが分かる。

※他者が話すのであれば「お父さん」や「お父様」などになり、文末は1や2が正解。

他の選択肢の文型もチェック：

1は「います、来ます、行きます」の尊敬語。

2は「います」の尊敬語。

4は「です、ます」の丁寧語。

因為提到的是「父は／家父」，得知是使用謙譲語（和外人提到家人等等時）的場合。

※如果說話的是外人則會用「お父さん／您父親」或「お父様／令尊」，那麼句尾填入選項1或選項2就是正確答案。

檢查其他選項的文法：

選項1是「います、来ます、行きます／在、來、去」的尊敬語。

選項2是「います／在」的尊敬語。

選項4是「です、ます」的丁寧語。

**6**

Answer ❹

あの遊園地のお化け屋敷は、（　　　）泣き出す人が続出していると評判だ。

1　あまりに怖さで　　2　怖いのあまりで　　3　怖さあまりに　　4　あまりの怖さに

那座遊樂園的鬼屋最有名的就是有太多遊客（被嚇到）哭了出來。
1 X　　　　　　　2 X　　　　　　　3 X　　　　　　　4 被嚇到

「あまりの（名詞）＋に」は、とても～ので、という意味。例、

・この会社は給料はいいが、あまりの忙しさに辞める人が多いらしいよ。

他の選択肢の文型もチェック：

「あまりの（名詞）＋に／由於過度～」是 "因為非常～" 的意思。例句：

・這家公司的薪水不錯，但聽說實在太忙，辭職的人也不在少數喔。

檢查其他選項的文法：

1 「あまりに怖くて」なら正解。
2、3 「怖さのあまり」なら正解。

選項1如果是「あまりに怖くて／非常恐怖」則為正確答案。
選項2或選項3如果是「怖さのあまり／太恐怖」則為正確答案。

---

## 7
Answer **3**

転勤に当たり、部下が壮行会を開いてくれるそうで、（　　　）限りだ。
1　感謝する　　　2　参加したい　　　3　嬉しい　　　4　楽しみな

再過不久就要奉派到其他地方上班了。聽說部屬將為我舉辦送別會，實在太（高興）了。
1 感謝　　　2 想參加　　　3 高興　　　4 期待

「（い形、な形）限りだ」は、話者の気持ち、感情を表す言い方。非常に～だ、という意味。例、
・先輩にあんなきれいな奥さんがいるとは、羨ましい限りです。
他の選択肢の文型もチェック：
4は、楽しみにしているという状況を表し、話者の気持ちを表すことばではない。

「（い形、な形）限りだ／真是太～」是表達說話者的心情和感情的說法。是"非常的～"的意思。例句：
・沒想到學長居然有那麼美麗的太太，真讓人羨慕得要命。
檢查其他選項的文法：
選項4用於表示期待著的狀況，並非表達說話者的心情。

---

## 8
Answer **2**

僕の先生は、頑固で意地悪、（　　　）ケチだ。
1　すなわち　　　2　おまけに　　　3　ちなみに　　　4　それゆえ

我的老師既頑固，心眼又壞，（再加上）小氣！
1 亦即　　　2 再加上　　　3 順帶一提　　　4 正因為如此

「頑固」「意地悪」「ケチ」はどれも悪口だが、それぞれ違う意味。したがって、追加を表す2が正解。例、
・あの店は安くておいしい。おまけに店員さんも感じがいい。

「頑固／頑固」、「意地悪／壞心眼」、「ケチ／小氣」都是罵人的話，但意思都不同。因此，表示追加的選項2是正確答案。例句：
・那家店既便宜又好吃，而且店員待客也很得體。

他の選択肢の文型もチェック：

1は、他のことばで言い換えるとき。つまり。硬い言い方。例、

・社長は88年入社、すなわち高田専務と同期だ。

3は、後から付け加えて説明する時の言い方。例、

・こちらが今話題のトレーニングマシーンです。ちなみにお値段は1万円。

4は、原因と結果をつなぐときのことば。硬い言い方。例、

・人間は弱い。それゆえ犯罪を犯すのです。

檢查其他選項的文法：

選項1用在以其他詞語換句話說的時候。是“也就是說”的意思。是生硬的說法。例句：

・總經理於一九八八年進入公司，也就是和高田專務董事是同一屆的同事。

選項3是在後面補充說明的說法。例句：

・這就是目前廣受矚目的健身器材！順道一提，價格是一萬圓。

選項4是連接原因和結果的詞語。是生硬的說法。例句：

・人類太脆弱了。就因為如此，才會犯下罪行。

---

**9** Answer **③**

私の過失ではないのに、彼と同じグループだという理由で、彼の起こした事故の責任を（　　　）。

1　とられた　　　　2　とらせた　　　3　とらされた　　　4　とられさせた

明明不是我的過失，只因為和他屬於同一個團隊，就（被追究了）他所引發的事故責任。

1被拿走了　　　2讓～被追究了　　　3被追究了　　　4X

「私は事故の責任を（　　　）」という文の主語「私は」が省略されている。能動文「私は責任をとる」という文から、「私は責任をとらされる」という使役受身形の文を作る。

原句是「私は事故の責任を（　　　）／我（　　　）事故責任」，主詞「私は／我」被省略了。這是從主動句「私は責任をとる」改寫成使役被動形「私は責任をとらされる／我被追究責任」的句子。

「母は強し」というが、守るものができる（　　　）、人は強くなるものだ。

1　と　　　　　　2　には　　　　　　3　とは　　　　　　4　ゆえ

「為母則強」這句話的意思是，（一旦）有需要守護的東西，人就會變得堅強。
1 一旦　　　　2 在～地方　　　　3 所謂　　　　4 正因為

「～ものだ」は、人間や社会の真理について言うとき。問題文を、A（　　）B ものだ、と考えると、「A のとき、いつも B」と言い換えることができる。そのような意味になるのは1。例、

・大人になると、子どもの頃の気持ちは忘れてしまうものだ。

この「と」は次の例と同じ、例、

・春になると桜が咲きます。
・このボタンを押すとおつりが出ます。

※「ものだ」は他に、過去の習慣を言うときや、あることを強く感じたと言いたいときなどの意味もある。

「～ものだ／就會～」用在談論人類和社會的真理時。將題目想成 “A（　　）B ものだ”，換句話說就變成「A のとき、いつも B ／ A 的時候，總是 B」。而能使這個意思成立的是選項1。例句：

・一旦長大成人，兒時的感受也就隨之淡忘了。

這裡的「と／一～就～」意思和以下例句相同，例句：

・一入春後櫻花就會開了。
・一按下這個按鈕就會掉出零錢。

※「ものだ」也可以用來形容過去的習慣，或用於表達對某事有強烈的感觸時等等。

**問題2**　次の文の＿＿★＿＿に入る最もよいものを、1・2・3・4から一つ選びなさい。

**問題2**　下文的＿＿★＿＿中該填入哪個選項，請從 1・2・3・4 之中選出一個最適合的答案。

---

**1**　Answer **3**

たとえ＿＿＿＿　＿＿＿＿　＿★＿＿　＿＿＿＿しません 。
1　大金を　　　　　　2　ことは　　　　　3　友人を裏切るような　　　4　積まれようと

就算能因此賺到一大筆錢，也不會做出背叛朋友的那種事。
1 一大筆錢　　　　　2 事　　　　　　　3 背叛朋友的那種　　　　4 能因此賺到

たとえ　1 大金を　4 積まれようと　3 友人を裏切るような　2 ことは　しません。

文頭「たとえ」に呼応するのは4「〜（よ）うと」。1と4をつなげる。「しません」の前に3と2を置く。

文型をチェック：

「〜（よ）うと」は、〜ても、そのことに関係ない、影響されない、と言いたいとき。接続は【動詞意向形】＋（よ）うと。例、

・私の忠告を聞かないなら、君がどうなろうと責任は持てないよ。

就算　4 能因此賺到　1 一大筆錢　，也不會做出　3 背叛朋友的那種　2 事。

呼應句子開頭「たとえ／就算」的是選項4「〜（よ）うと／就算〜也〜」，所以要將選項1和選項4連接起來。「しません／不會」的前面應填入選項3和選項2。

檢查文法：

「〜（よ）うと／就算〜也〜」用在想表達 "即使〜也沒有關係、不受影響" 時。

接續方式是【動詞意向形】＋（よ）うと。

例句：

・假如你不肯聽我的勸告，萬一之後發生了任何狀況，那可不是我的責任喔！

---

**2**　Answer **2**

社長の時代錯誤な提案に、＿＿＿＿　＿＿＿＿　＿★＿＿　＿＿＿＿としていなかった 。
1　一人　　　　　　2　社員は　　　　　3　唱える　　　　　4　反対意見を

對於總經理那項跟不上時代脈動的提案，連一個表示反對的員工也沒有。
1 一個　　　　　　2 員工　　　　　3 表示　　　　　4 反對

---

社長の時代錯誤な提案に、4反対意見を 3唱える 2社員は 1一人 としていなかった。

4と3をつなげる。「として」の前に1、その前に主語2を置く。4と3は2を説明している。

文型をチェック：
「（最小限の数量）として…ない」は、全く…ないという意味。「～」には、一人、一つ、一度など、「一＋助数詞」が入る。例、
・私が不正を行ったという事実は一つとしてありません。
※「何一つとして」「誰一人として」も同じ。

對於總經理那項跟不上時代脈動的提案，連 1一個 3表示 4反對 的 2員工 也沒有。

將選項4和選項3連接在一起。「として」的前面應接選項1。選項1之前應填入主詞也就是選項2。選項4和選項3用來說明選項2。

檢查文法：
「（最少數量）として…ない／連～也沒有」是"完全沒有…"的意思。「～」應填入一人、一個、一次等等的「一＋助數詞」。
例句：
・營私舞弊的事，我連一樁都沒有做過！
※「何一つとして／連一個也沒有」、「誰一人として／連一個人也沒有」也是相同意思。

---

## 3

Answer ❶

後になって＿＿＿＿ ＿＿＿＿ ＿★＿ ＿＿＿＿べきではない 。
1 最初から　　　2 断る　　　3 引き受ける　　　4 くらいなら

與其事後才拒絕，一開始就不應該答應下來。
1一開始就　　　2拒絕　　　3答應下來　　　4與其

後になって 2断る 4くらいなら 1最初から 3引き受ける べきではない。

「後になって」と「最初から」、「断る」と「引き受ける」がそれぞれ対になっている。

文型をチェック：
「（動詞辞書形）くらいなら…」は、～という悪いことになるより、…のほう

4與其 事後才 2拒絕，1一開始就 不應該 3答應下來。

「後になって／事後」和「最初から／一開始」、「断る／拒絕」和「引き受ける／答應」分別是成對的詞語。

檢查文法：
「（動詞辞書形）くらいなら…／與其…」用在想表達"與其變成～這樣糟糕的事態，

がましだ、と言いたいとき。例、
・山下課長の下で働き続けるくらいなら、会社を辞めるよ。

還不如…"時。例句：
・要我在山下科長的底下繼續工作，我寧願辭職不幹！

**4**　　Answer ❸

女性の労働環境は厳しい。子供のいる独身女性＿＿＿＿＿ ＿＿＿＿＿ ＿＿★＿＿ ＿＿＿＿＿を越えるという。

| 1 貧困率 | 2 に至っては | 3 が | 4 5割 |

女性的工作環境非常嚴峻。至於沒有兒女的單身女性的貧窮率據說甚至超過五成。

| 1 貧窮率 | 2 甚至還 | 3 X | 4 五成 |

女性の労働環境は厳しい。子供のいる独身女性 **2に至っては** **1貧困率** **3が** **4 5割** を越えるという。
「～を越える」の前は名詞が入るので1か4。意味を考えて、1、3、4と並べて置く。
文型をチェック：
「（名詞）に至っては」は、極端な例をあげるときの言い方。例、
・農家は春夏が忙しい。収穫時期に至っては、寝る暇もないほどだ。

女性的工作環境非常嚴峻。2至於 沒有兒女的單身女性的 1貧窮率 3X 據說甚至超過 4五成。

因為「～を越える／超過～」的前面要填入名詞，所以應為選項1或選項4。從文意考量，順序應是選項1、3、4。

檢查文法：
「（名詞）に至っては／至於」是舉出極端例子的說法。例句：
・農家在春夏兩季已經十分忙碌，到了收穫的季節，更是忙得連睡覺的工夫都沒有。

**5**　　Answer ❸

この作品は、＿＿＿＿＿ ＿＿＿＿＿ ＿＿★＿＿ ＿＿＿＿＿の出世作です。

| 1 私が | 2 井上先生 | 3 やまない | 4 尊敬して |

這部作品是我無比尊敬的井上老師的成名作。

| 1 我 | 2 井上老師 | 3 無比 | 4 尊敬 |

この作品は　1私が　4尊敬して　3やまない　2井上先生　の出世作です。

「の出世作です」の前は名詞の２。

１、４、３は２を修飾することば。

文型をチェック：

「（動詞て形）やまない」は、〜という強い気持ちを持ち続けている、と言いたいとき。例、

・これは私が愛してやまない故郷の山の写真です。

這部作品是　1我　3無比　4尊敬　的　2井上老師　的成名作。

「の出世作です／的成名作」的前面應接名詞的選項２。選項１、４、３是用來修飾選項２的詞語。

檢查文法：

「（動詞て形）やまない／無比」用在想表達“持續擁有〜這樣強烈的心情”時。

例句：

・這就是我摯愛的故鄉的山岳相片。

索引

# た

# つ

# て

# と

# な

# も

# や

# よ

# ら

# を

# ん

# 合格班日檢文法N1
## 逐步解說＆攻略問題集（18K＋MP3）

【日檢合格班 19】

■ 發行人／**林德勝**

■ 著者／**山田社日檢題庫小組、吉松由美、田中陽子、西村惠子**

■ 日文編輯／**王芊雅**

■ 出版發行／**山田社文化事業有限公司**
　　地址　臺北市大安區安和路一段112巷17號7樓
　　電話　02-2755-7622　02-2755-7628
　　傳真　02-2700-1887

■ 郵政劃撥／**19867160號　大原文化事業有限公司**

■ 總經銷／**聯合發行股份有限公司**
　　地址　新北市新店區寶橋路235巷6弄6號2樓
　　電話　02-2917-8022
　　傳真　02-2915-6275

■ 印刷／**上鎰數位科技印刷有限公司**

■ 法律顧問／**林長振法律事務所　林長振律師**

■ 定價+MP3／**新台幣399元**

■ 初版／**2018年4月**

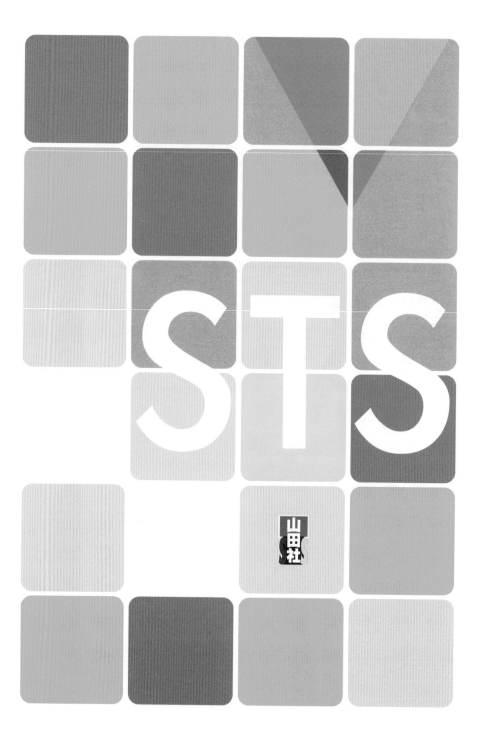

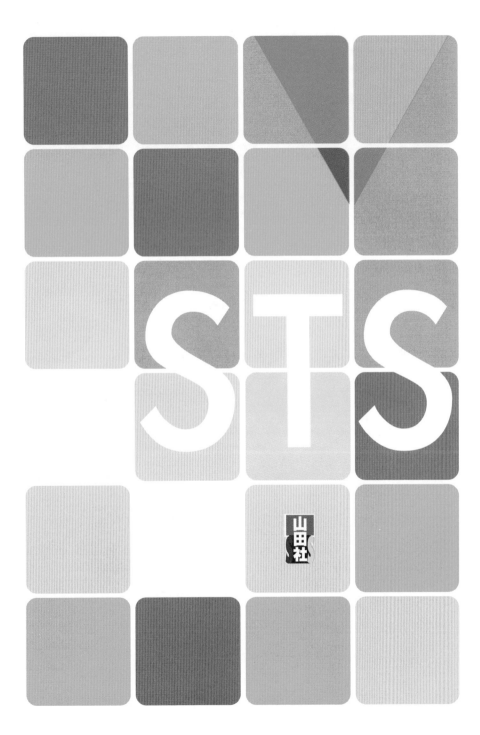

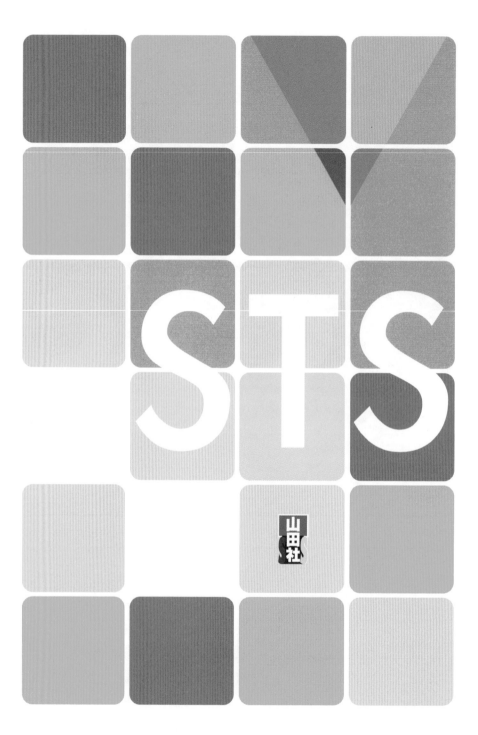

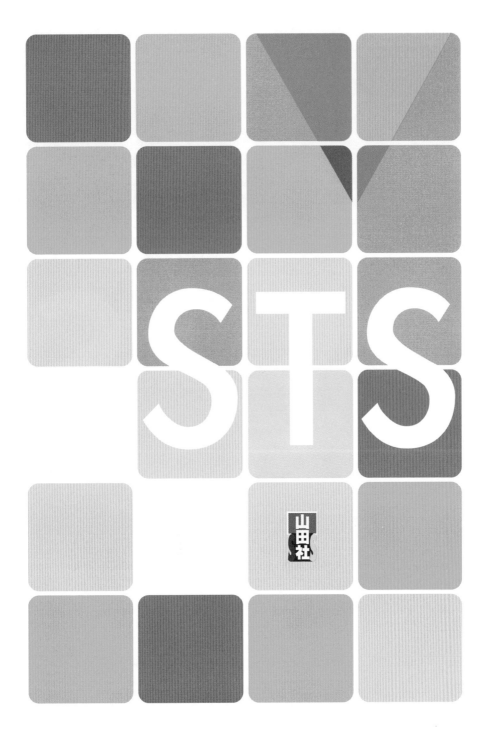